RELIQUIE

VIKTOR KAMERER, geboren 1976, absolvierte kaufmänni-
sche Schulen bis zum Mittleren Management und arbeitete in
einem Großhandel, bis er sich dem Schreiben widmete. Seit
2017 veröffentlichte er ein Band mit Kurzgeschichten und
fünf Romane, alles beim Twentysix Verlag.

VIKTOR KAMERER

RELIQUIE

LOVE & PSYCHOSIS

Bibliografische Information der Deutschen Nationalbibliothek:

Die Deutsche Nationalbibliothek verzeichnet diese Publikation

In der Deutschen Nationalbibliografie, detaillierte bibliografische

Daten sind im Internet über dnb.dnb.de abrufbar.

TWENTYSIX – Der Self-Publishing-Verlag

Eine Kooperation zwischen der Verlagsgruppe Random House und

BoD – Books on Demand

Herstellung und Verlag:

BoD – Books on Demand, Norderstedt

ISBN: 9783740711016

TEIL EINS

AUFBRUCH

EINFÜHRUNG

Ab nach Deutschland.

Claude steuert seinen geräumigen, blauen Mittel-
klassewagen auf einer französischen Autobahn in
Richtung Deutschland, dorthin wohin er und wir
(seine Familie), nach jahrelangem Aufenthalt in
Frankreich hinziehen wollen. In ein Land woher
unserer Mutter Mathildes Vorfahren stammten.
Wir drei Kinder – Simon, Miriam und ich (Jules)
– sitzen geruhsam und – gar nicht kindlich - brav
auf der Hinterbank und trällern ein, zwei Lieder
vor uns hin. Meine Schwester Miriam ist hierbei
die fleißige von uns dreien. Sie stimmt ein jedes
Lied als erste an und bringt es auch zum seligen
Ende hin. Mein Bruder Simon und ich kennen die
deutschen Lieder leider noch nicht, nichtsdestotrotz haben wir alle fünf in Frankreich bei einer
privaten Französisch- und Deutschlehrerin in den
letzten zwei Jahren gut die Deutsche Sprache er-
lernt, als klar wurde, dass wir aus grausamen,
traumatischen Gründen aus Frankreich wegzie-
hen würden.
Wir können uns gut in dieser Sprache unterhalten, auch das Lesen und Schreiben fällt uns in

unseren noch jungen Jahren nicht sonderlich schwer. Vater Claude würde seine Manuskripte aber weiterhin in französischer, heimatverbundener Sprache verfassen, der deutsche Verlag, der ihn unter die Fittiche nehmen möchte, sollte die Übersetzung übernehmen. Es ist klar, dass ein guter, ausdauernder Schriftsteller nur gut sein kann, wenn er − wie mein Papa - in seiner Muttersprache schreibt.

»Papa. Sind wir schon über die Grenze«? fragt Miriam ungeduldig.

»Es gibt keine Grenze zwischen Frankreich und Deutschland«, meckert Simon und gibt sich weise und sicher.

»Nun, aber Frankreich bleibt Frankreich und Deutschland bleibt Deutschland« entgegne ich, und maße mir an, meine kleine, vierzehnjährige Miriam zu verteidigen und den hier so hochtrabenden Simon zurechtzuweisen.

Simon schlägt mir sanft mit der geballten Faust gegen meine linke, schuldige Schulter und lächelt mich frommfröhlich und aus lauter Barmherzigkeit an. Claude sieht das im Rückspiegel und runzelt unzufrieden die Stirn, doch weiß er wohl, nicht eingreifen zu müssen, da dies hier ein reiner Scherz meines so verspielten Bruders ist.

Mutter Mathilde aber ist allerdings völlig anders gestrickt und duldet keine körperlichen

Auswüchse unter uns Kindern. Und markant ist auch bei ihr, dass Sie ganz auf Gerechtigkeit aus ist, Vorteilnahme für den einen oder anderen gibt es da nicht. Simon hat sich hier zwar der Fäuste bedient, und doch widerspricht sich Mutter Mathilde selbst, weil sie unserem Simon beinahe alles durchgehen zu lassen pflegt.

Sie sagt: »Jules. Willst du dich nicht bei Simon entschuldigen? Schließlich ist er im Recht. Es gibt keine Grenzen in Europa und wir werden deshalb auch nicht an einem Grenzübergang auf irgendeine Weise geprüft. Wir sind ein Europa, ein Land, ein Volk«.

Claude meint, das mit dem einen Volk sei aber großzügig gemeint, schließlich gäbe es hier in Europa doch verschiedene Kulturen, Sitten und Bräuche. Simon fügt hinzu, dass wir alle Christen seien und somit die Kulturen sich doch sehr ähneln.

Claude ist hier zwar der Intellektuelle - war er schon immer – und doch hat ihn mein Talent, Geister sehen und unweigerlich in meiner Psyche fühlen zu können, etwas geerdet. Das spiegelt sich nunmehr auch in seinen Manuskripten wider. Er ist ein wenig verrückter als noch vor zwei, drei Jahren, bevor ich dieses althergebrachte Talent erhalten habe.

Mathilde nuschelt etwas vor sich hin, dreht sich zu uns Kindern um und sagt: »Kinder. Wir machen eine kleine Rast«. Dann zu Claude: »In einigen Kilometern gibt es eine Raststätte. Steht zumindest auf dem Schild da. Lass uns doch dort eine Pause machen. Du fährst jetzt auch schon einige Stunden durch. Kinder, wir sind jetzt aber alle brav. Keiner wird jetzt austicken auf der Raststätte, klar? Jules«?

Claude: »Keinen Vandalismus, bitte«.

Claude hat sich doch eine gewisse Sprache behalten, die anspruchsvoll aber auch arrogant ist. Viel zu lange hat er den Ansprüchen des Feuilletons genüge getan, und so sind Ausdrücke der hohen Sprache immer wieder bei ihm im Sprachgebrauch enthalten.

Wir halten mit quietschenden Reifen und vollgesogenen Blasen auf dem Parkplatz der zuvor von Mathilde genannten Raststätte. Unser Papa Claude hat sich nicht nehmen lassen, seinen Wagen abrupt und plötzlich zum Stehen zu bewegen, aber Simon ist der erste der aussteigt und sogleich zur Toilette rennt um sich zu erleichtern. Claude gibt sich plötzlich geruhsam, obgleich auch er Druck auf der Blase hat. Genüsslich steigt er aus dem Wagen und geht mit bedachten Schritten zur Toilette hinüber. Möchte er sich seinen neuerdings aufkommenden Wahnsinn nicht anmerken lassen? Er wählt das Pissoir neben dem seines Sohnes Simon, wir waschen danach die Hände und gleiten ganz sanft durch den Ausgang. Am Eingang zur Toilette stehen weitere Gäste, in einer Schlange, die dabei sind siebzig Cent in den Automaten zu werfen.

Ich hingegen habe eine starke Blase, halte immer viele Stunden durch und würde auch jetzt das Urinieren hinauszögern können.

Mutter Mathilde und meine Schwester Miriam vergnügen sich bereits mit Waffeleis. Als Simon das sieht, drängt er Mutter dazu, ihm zwei Kugeln davon zu kaufen. »Du weißt doch Mama, dass ich schon meine Klamotten für mein Taschengeld kaufen muss«?

Mathilde hat bereits alles Erdenkliche in die Wege geleitet, damit wir drei Kinder alle in Deutschland sogleich das Gymnasium besuchen dürfen. Simon ist siebzehn, Miriam vierzehn und ich stehe mit meinen sechzehn Jahren mittendrin. Ich habe damals – vor zwei Jahren – das schreckliche Haus von Parapsychologen besucht und habe mich mit deren Hilfe zu einem stattlichen jungen Mann entwickelt. Ein Freund starb vor diesem Haus, als der Teufel ihm unvermittelt den Kopf abbiss. Ich verwinde seither alles viel einfacher, bin locker und gelassen, habe keine Hast und

keinen Ärger. All meine Sorgen sind wie verflo-
gen, auch wenn ich Geister sehe; so habe ich alles
im Griff. Ich leide nicht wie damals. Ich stehe über
dem Leid und die Geister kann ich genauso
schnell wieder wegschicken wie sie kommen.

Ich sitze im 5er – ein neues Modell von BMW –,
und warte auf die anderen. Als sie wieder herbei-
kommen, erkenne ich, dass alle genüsslich an ihrem Eis lecken. Keiner hat an mich gedacht, keiner hat mir eines mitgebracht. Ich habe selbst
schuld, müsste ich nur etwas sagen, weshalb kann
ich nur meinen schändlichen Mund nicht aufsper-
ren und der Familie gerade jetzt nicht meine
Wünsche übermitteln?
Als alle wieder einsteigen, schaue ich gebannt, wie
Miriam, die neben mir sitzt, an ihren Eiskugeln
lutscht. Mir fließt das Wasser im Mund zusammen, aber ich lasse mir nichts anmerken, schließlich bin ich ein starker junger Mann.
»Willst du mal probieren«? fragt Miriam und lächelt mich kindlich und nett an. »Vanille und
Himbeere. Schmeckt lecker, hier probiere es«.
»Na nimm es schon, mein Junge«, sagt Vater
Claude als er in den Rückspiegel sieht und mir
mein Verlangen quasi im Gesicht erkennen und in
meinen lüsternen Augen spüren kann.
»Ich möchte nicht, aber danke«.

»Wie du willst«, sagt Miriam.

Die Fahrt kann nun weitergehen, da alle eine gewisse Unruhe verwunden haben und sich die Blasen entleert haben. Ich ziehe eine Decke über meinen satten Körper, denn die Außentemperatur ist nicht gerade hoch.

»Bist ja ein Schoßhündchen«, sagt Miriam zu mir und sie hat nicht Unrecht. Sich zuzudecken steht den Frauen zu, nicht sechzehnjährigen Bengeln wie mir oder Simon.

»Wir haben genügend Decken eingepackt«, sagt Mutter Mathilde mit einem Anflug von Sorge und zu meiner Verteidigung. »Wir müssen nicht darum streiten, wer es darf und wer nicht«.

Claude: »Deckt euch alle zu. Es ist Winter, auch in Deutschland. Doch das Eis lassen wir uns nicht nehmen Kinder, richtig«?

Ich sehe aus dem Fenster des Wagens und erkenne in hundert Metern Entfernung zwei schwarzgekleidete Personen umherschwirren. Sehen sie mich? Ich bin mir sicher sie real zu sehen? Sind sie freudig gestimmt? Wohl kaum. Ich erkenne böse Geister auf diese Entfernung mühelos und diese da sind böse durch und durch. Ich höre Schreie: »Du Nichtsnutz, du vertrottelter«. Eine andere Stimme sagt klein- und missmutig: »Du bist doof wie ein heißes Würstchen und eine durchgebrannte Birne«.

Ich schaue sie mit meinen rotgeränderten Augen durchdringend an und sehe wie ihnen Furcht in den Kopf steigt. Ich bin ihnen mit meinem für Geister unüberwindbaren Charakter wohl einen Schritt voraus. Sie können mir nichts anhaben. Kein Leid mehr und keine Opferrolle. Das lasse ich nie wieder zu. Die Zeit von quälenden Gefühlen und schauderhaften Bildern ist bei mir vergangen. Ich erhebe mich darüber hinweg. Die Zeit vor zwei Jahren – als ich noch nicht mit meiner Gabe umzugehen wusste – ist vorbei und überwunden.

Als ich die beiden schwarzgekleideten Gäste, die nun neben mir im Wagen sitzen, in Gedanken mit »He, Ihr da« anspreche, zuckt der eine zusammen, der andere mault irgendwas zurück, ist wohl härter gestrickt als der erste. Ich lasse sie wissen, dass ich mit meiner wunderbaren Seele über ihnen stehe. Sie können mich nicht berühren und nicht verteufeln. Ich bin nur noch fröhlich gestimmt und habe nur noch positive Gefühle. *Aber doch*, denke ich und lasse sogleich dunkle, von mir gesteuerte Gedanken zu, in diesem Moment, müssen sie einfach sein, um die Geister in Schach halten und sie verscheuchen zu können.

»Was ist, Jules«? fragt meine Schwester Miriam, die wohl erkennt, dass ich abschweife, in Gedanken bin und sie muss wohl auch erkennen, dass ich zu den Geistern spreche. Meine Familie kennt mich schon ganz gut, und gelegentliche Gespräche mit der parallelen Welt sind bei mir schon immer mal wieder drin.

»Übertreibe es nicht, mein Schatz«, sagt Mutter Mathilde, von der ich diese Wortwahl eigentlich nicht gewohnt bin.

»Gibst du Bescheid, wenn es dir zu viel wird«? fragt jetzt Vater Claude, während er das Lenkrad fest umklammert und mich im Rückspiegel ansieht. Meine Familie ist gewappnet, früher litten sie mit mir und jetzt sind sie interessiert an meinen Erlebnissen mit der anderen Welt. Es ist faszinierend, auch für mich. Simon bleibt jetzt ruhig und schmunzelt nur ein wenig. Er ist heute wohl der coolste auf der Welt, war er schon immer. Aber mutig ist er erst seit den Erlebnissen in Paris, als er sich entschloss, mit mir und Papa in die Höhle zu gehen, in der allerhand Kreaturen ihr zuhause frönten.

Seitdem nimmt er jeden Kampf an, behält sich aber seine Fröhlichkeit, die er seit seiner Geburt hegt und pflegt, bei. Er öffnet eine Packung eines Schokoriegels und beißt herzhaft hinein.

Genüsslich verzieht er sein Gesicht und mampft mit dem Ausdruck „mhm". Ich packe nach dem Riegel und beiße mit fletschenden Zähnen ebenso hinein. Mein Bruder Simon behält seine Coolness und überlässt mir, überhaupt nicht verärgert, die so leidensbringende Schokolade.

»Du bist schon ein ganz Besonderer, Jules«, sagt Mutter Mathilde, die seit den Erlebnissen in Paris immer mehr auf meiner Seite steht. »Ich habe drei wunderbare Kinder, und ich lasse keinen von euch im Stich«.

Diese Aussage ist mir überaus neu. Unsere Mutter geizt viel zu sehr mit Lob und Anerkennung. Vater Claude hingegen ist da geübter im Umgang mit lieblichen Worten. Und prompt denke ich dies, spricht Vater Claude zu mir: »Du bist nicht nur besonders, mein Sohn. Ich habe dich auch lieb, hab euch alle lieb, und das meine ich ernsthaft und in der ganzen Wahrheit«.

Wir fahren am Ortsschild der Stadt ›Hennochheim‹ vorüber. »Das ist es. Da werden wir wohnen, Kinder«, sagt Vater Claude. Mutter Mathilde fügt hinzu: »Ein schöner Ort, schaut nur. Das haben wir gut ausgesucht, und die Stadt ist auch nicht zu groß mit seinen hunderttausend Einwohnern. Wir werden es hier guthaben, Kinder«.

»Dein Wort in Gottes Ohr«, sage ich frech.

»Das sieht echt gut aus hier«, fügt Miriam hinzu.

»Und dort hinten ist schon die Heußstraße, da, seht hinüber, nach links, da werden wir wohnen«.

»Wie ist denn nochmal diese Hausnummer«? fragt Claude unsere Mutter.

»Hm…Siebenundzwanzig«.

Claude fährt mit einem Ruck auf die Einfahrt und bremst frech und stattlich, schaltet den Motor mit einem Handgriff am Schlüsselbund aus und steigt als erster aus dem Wagen. Mathilde atmet noch einmal durch und ist sogleich die nächste die aussteigt. Dann folgen wir Kinder. Miriam verliebt sich gleich in das Haus, das aus den achtziger Jahren stammt, aber unserer Kenntnis nach kürzlich innen renoviert wurde.

Der Rasen ist toll gepflegt und die Bäume drumherum sehen sehr gesund aus und sind auch nicht zu hoch. Ich mag hohe Bäume nicht, sie versetzen mich in eine Demut die mir nicht guttut. Ich bin sehr davon überrascht, wie schön das Grundstück doch ist, nehme Mutter Mathilde den Hausschlüssel aus der Hand, den sie gerade aus ihrer Handtasche kramt, und öffne die Haustüre. Ich trete als Erster hinein und spüre eine schöne, angenehme Atmosphäre. »Es ist richtig heimisch hier drin«, sage ich und lächle über beide Ohren. »Ja«, sagt Miriam, die direkt angstbringend hinter mir steht. »Das hast du richtig gut getroffen, Mama«, ruft sie mir ins Ohr.

»Nun, Papa hat mit ausgesucht. Das ist nicht nur auf meinem Mist gewachsen«.

1. KAPITEL

Der Heilige

Ich schlendere an diesem Tag durch die Stadt Hennochheim, schaue mit Bedacht und Interesse über die Straßen und treffe auf ein schönes Gebäude, in weiß gestrichen, groß und mächtig und mit Ziegeln auf dem Dach. Als ich ein Schild vor dem Gebäude erkenne, trete ich heran und sehe, dass es sich hier um eine religiöse Gruppe von Evangelisten handelt. Das Tor steht weit offen. Es ist wohl gerade Gottesdienst und ich bin nicht abgeneigt hineinzugehen, um diesem Zeremoniell beizuwohnen, schließlich bin ich ein bibellesender Christ, der sich schon fanatischen Dingen hingegeben hat.

Als ich das Gebäude über den Haupteingang betrete, steht da ein junger Mann im Flur, der Anstalt macht mich zu begrüßen.

Das ist aber schön, denke ich und reiche ihm meine Hand zum Gruß.

Er sieht plötzlich wohl irgendetwas in mir, da er konstatiert dasteht und kein Wort über seine schmalen Lippen hervorgeht. Er hat dunkle, verschlafene Augen, die wie in Höhlen im Gesicht

21

drinsitzen. Als er phantastisch lächelt, sehe ich, dass etwas mit ihm nicht stimmt. Ich blicke ihn musternd an, doch anstarren kann ich ihn nicht, denn ich habe Anstand. Seine Körperhaltung ist angestrengt, doch seine Schultern sacken herab. Ich kenne mich aus und schiebe das sogleich auf böse Geister, die meiner Meinung nach in ihm schlummern mögen. Ich bin mir sicher, dass ihn Geister bewohnen. In den Augen sieht man des Menschen Seele und diese Seele ist zwar freundlich, aber doch gequält und angeschlagen. Ich hoffe nur, das ist nicht ansteckend, denn ich vertrage das Ganze nicht sehr gut, meine Vergangenheit hat mich das gelehrt und ich konnte dem immer mit Positivität entgegenwirken und entfliehen.

Eine alte Frau – die wohl zu spät kommt, weil die Uhr im Flur bereits eine volle Stunde anzeigt – geht vor diesem jungen Mann in die Knie, bekreuzigt sich, erhebt sich wieder und grüßt ihn, mit einem Kuss auf die Wange und mit den Worten: »Gegrüßt seist du, geboren von der Jungfrau Maria«.

Ich halte inne und mein linkes Auge zuckt wie von selbst und ich verstehe nicht ganz was da vor sich geht. Wie kommen solche Worte mit dem Schwall einer alten Frau? Ist dieser Jüngling ein Heiliger? Das kann ich mir schon vorstellen, denn sein Gesicht strahlt mich an, und einige Meter weiter über den Flur und sein Gruß an die Frau gerade eben war tief und schön anzuhören. Ich will herausfinden was es hier – in dieser Gemeinde – auf sich hat. So spreche ich ihn mit zärtlicher Stimme an.

»Gelobter Christ. Bist du der auf den ich warten soll oder kommt da ein anderer«? Diese Stelle habe ich aus der Erinnerung aus der Bibel geklaut, die mir in den letzten zwei Jahren zum liebgewordenen Heiligtum und zu einer Reliquie ersten Grades geworden ist. Möglicherweise ist dieser junge Mann tatsächlich und ohne Zweifel ein Heiligtum vor Gott und den Menschen in dieser Gemeinde. *Wer weiß das schon mit Sicherheit,* denke ich.

»Ich bin Markus«, sagt er Heilige, ebenso zärtlich, und merkt an: »Hier bist du richtig, mein Freund. Der der dich zu mir geschickt hat, der hat Großes mit dir vor, also bemühe dich ein Vorbild für die Kinder in dieser Gemeinde zu sein. Einverstanden«?

»Ich weiß noch gar nicht ob ich bleibe. Solltet Ihr tief und phantastisch christlich sein, dann habt Ihr mein Interesse. Für langweiligen Gottesdienst aber habe ich keine Zeit. Versprecht Ihr mir schöne, wunderbare und ausgezeichnete Gottesdienste zu halten? Habt Ihr das in eurer Hand oder gibt es andere Personen in diesem Gebäude denen Ihr untersteht?"

»Untertan bin ich hier keinem, mein Freund. Aber die Ältesten bestimmen hier alles, und so habe ich keine Handhabe. Allerdings bemühe ich mich mit meiner Anwesenheit eine schöne Stimmung hier drinnen zu kreieren. Also was sagt Ihr? Nennt Ihr euch von nun an einen Jünger? Ich sehe in euren Augen, dass Ihr der anderen Welt schon gelauscht habt. Stimmt`s«?

Dieser Heilige hier hat hellseherische, übernatürliche Fähigkeiten und ich habe da so eine Ahnung wer er nunmehr tatsächlich ist. Er ist mit seiner Art anderen voraus, gibt sich zärtlich und schön.

Als er seine rechte Hand auf meinen Scheitel legt, kommt gerade ein Mitglied der Gemeinde zur Türe herein und erschrickt kräftig, was mir zeigt, dass nicht jeder um den Sohn dieser Gemeinde weiß. Dieser Markus ist also für einige hier drinnen einfach nur Markus, für Auserwählte aber ist er ein Besonderer. Viele spüren die Zeichen die von ihm ausgehen nicht. Er ist selbst ein Zeichen. Ein Heiliger. Eine Reliquie.

»Wirst du hier draußen stehen bleiben, während des Gottesdienstes«? frage ich Markus.

»Mein Freund«, verbessert er mich mutig.

»Gleich kommt die Eintrittsmusik, zu der ich

immer in den Saal hineinhusche. Hör gut zu und du wirst jetzt ein Zeichen sehen«.

Die Menge im Saal stimmt das Eintrittslied an, die Frauen sind dabei in der Überzahl, diejenigen die ihre Männer überlebt haben.

In der Gemeinschaft singen alle zugleich und doch mit unterschiedlichen und falschen Tönen: »Oh komm doch, Herr Jesu. Tritt zu uns herein. Lass in dieser Stunde uns ja nicht allein. Lass in dieser Stunde uns ja nicht allein. Nur du, du kannst segnen. Drum komme sogleich. Tritt ein in die Mitte, sprich: Friede mit euch. Tritt ein in die Mitte, sprich: Friede mit euch«.

Dunkelheit zieht auf, als die Lampen ausgelöscht werden. Just in diesem Moment tritt der schlanke Markus, mit einer Größe von etwa 1,85, in den Gang. Links vom Gang sitzen die Frauen, rechts von ihm sind die Männer, manche scheinen interessiert, andere sind von sich selbst überzeugt und sehen nicht mal zu Markus hinauf. Er geht bis zur zweiten Reihe und setzt sich auf einen Platz neben dem Gang, dorthin natürlich, wo die Männer sitzen. *Ich werde mir dieses Schauspiel wahrlich nicht entgehen lassen.* Dieses Zeichen hat mich erreicht und so trete ich ebenfalls in den Gang, um dann in der letzten Reihe, ganz hinten, Platz zu nehmen. Die Sicht bis nach vorne ist gut, ich kann somit alle Handlungen von Markus und allen anderen erkennen. Demut überfällt mich, als der erste Prediger zur Kanzel emporsteigt. Ein Mann mit weißem Haar in einem fortgeschrittenen, totgeweihten Alter rückt das Mikrophon zurecht und räuspert sich ein wenig. Der Chor, der aus der gesamten Gemeinde besteht beendet das Lied, der eine oder andere spricht noch ein, zwei Worte mit seinem Sitznachbarn.

Der Gottesdienst beginnt mit dem Weißhaarigen. »Meine Lieben. Wir haben uns hier versammelt, um Jesus zu dienen." Ich lege meinen Blick intuitiv auf Markus, auf denjenigen, vor dem vorhin im Flur eine Frau auf die Knie gegangen ist. Der Weißhaarige hat sich wohl ein Thema zurechtgelegt, ich kenne mich mit Predigten nicht so stark aus. Seine Stimme ist warm, und angenehm anzuhören, und sein Gesichtsausdruck ist locker bis gelassen.

»Die Taufe ist ein heiliges Sakrament, meine Lieben. So lassen wir uns aber nur ein Mal taufen, dann, wenn wir als kleines Kind vor den Pfarrer gehoben werden, der die Kindstaufe übernimmt. Es gibt aber einige, die sich eine Großtaufe gönnen, eine solche sollen wir nicht tun. Ein Jesus, ein Glaube, eine Taufe. Also meine Lieben: Ich weiß, dass auch einige von euch sich ein zweites Mal haben taufen lassen. Dies sei uns ferne. Ich möchte aber diejenigen nicht anklagen, denn das steht mir nicht zu. Allerdings möchten wir uns gegenseitig ermahnen, und das tue ich hiermit. Ich warne diejenigen, die sich das mit der Großtaufe gerade überlegen. Glaubt mir, das ist es nicht wert«.

Der geheimnisumwobene Markus erhebt sich von der Bank der zweiten Reihe, geht zur vordersten Bank und setzt sich neben den Ältesten – Peter, einunddreißig Jahre alt und erst seit Kurzem im Amt als Vorsteher dieser Gemeinde. Markus flüstert Peter etwas in sein übergroßes, taubes Ohr und ich erkenne Markus` rotgeränderte Augen. Es geht etwas ganz Komisches in ihm vor. Ich kenne mich hierbei aus und ich werde wohl recht damit behalten, dass Markus nicht normal und keineswegs gewöhnlich ist.

Peter streckt plötzlich und hastig seine Hand aus und zeigt damit auf die zweite Bank. Ich spüre was da vor sich geht. Peter verweist Markus auf seinen angestammten Platz zurück, und das mit kräftigem Ton und ausdrucksvollem Gesicht. »Ich sage es dir nur einmal, Markus. Du gehst jetzt sofort dahin zurück, woher du gekommen bist oder wir schmeißen dich raus«.

Als Markus sich brav und mit gesenktem Kopf zurücksetzt, erhebe ich mich und laufe gemächlichen Schrittes zu ihm vor, setze mich in der zweiten Reihe neben ihn und lächle ihn genüsslich an. Ich möchte ihm hier beistehen, denn ich befürchte, dass er nicht viele Freunde hat. Er spürt meinen freundschaftlichen Blick und sieht mir in die Augen, sagt leise und doch für mich verständlich: ››Du heißt Jules und kommst aus Frankreich. Ich spüre deinen Namen und deinen französischen Akzent. Mir kann man nichts vormachen‹‹. *Gott sei Dank*, denke ich. *Er ist doch mutig.* So sage ich: ››Ich will das auch gar nicht bestreiten. Du hast recht mit dem was du sagst. Mein Name ist Jules und ich komme wirklich aus Frankreich. Meine Güte, bist du der der kommen soll? Soll ich dir nachfolgen, Herr, oder kommt ein anderer – wie Peter, euer Ältester – soll ich dem zuhören‹‹?

Markus spricht: ››Zuhören magst du immer und jedem, das ist klar. Aber Jesus sollst du als Vorbild nehmen, sich seine Lehren anschauen und zur Situation passend, demütig und doch mutig sein. Der aber, der kommen soll ist größer als du, auch wenn du die parallele Welt, die Welt der Engel und allem Unsichtbaren siehst und hörst. Deine Gabe soll dir als Vorteil gereichen, mein Lieber. Lass dich nicht unterkriegen von bösen Geistern, die nicht Gutes mit dir anstellen wollen‹‹.

Ich spreche, zwar ohne komplettes Wissen, aber doch mit dem Herzen: ››Nun, Markus. Du hast den Teufel besiegt, tausend Jahre ohne ihn werden wir sein und auch ich habe ihn vor zwei

Jahren besiegt, mit aller Liebe und mit viel Gefühl. Nämlich da wo es bei mir mit der parallelen Welt losging, da habe ich den schönen Kampf gegen den Satan gewagt und ihn zahm gemacht. Stimmt es denn, Markus, dass er von nun an für tausend Jahre gebunden ist in der Hölle, mit all den anderen Dämonen«?

Markus grämt sich und meint, es sei mir schon viel zu viel gegeben. Er fühle sich unwohl und zu viele Fragen würden ihn müde machen, obgleich ich hier eine gute Frage gestellt habe. »All die Wahrheiten gehen mir allmählich gegen den Strich, meine Nerven machen das nicht mehr mit. Ich bin am Ende, mein Freund«.
Mein Bruder Simon mag Geheimnisse, daher kenne ich schon diese Einstellung, die Markus hier an den Tag legt. Und doch möchte ich weiterbohren, in den Gedanken von Markus und so spreche ich ihn nun in Gedanken, ganz zaghaft und gefühlvoll, an, und hoffe, dass er – als ein Heiliger – vernehmen kann was ich ihm hier zugedenke.
Jesus. Wenn das Tausendjährige Reich nun existiert, dann zeige es mir doch, mein Lieber. Mir ist viel gegeben und das stört dich wohl ungemein, wenn du sagst, dass mir schon zu viel gegeben ist. Aber ich lasse es dabei bewenden, denn ich habe da so ein Gefühl, dass du

selbst nicht weißt, wann dieses Reich denn kommt. Ich
denke du bist Mensch geworden und deshalb weißt du
solche Sachen nicht, die auch die Engel im Himmel
noch nicht wissen.

Der nervös, dann mutig dreinblickende Markus
schiebt seinen Po auf der Bank hin und her, um
mir dann per Gedanken zu antworten.

Es ist alles wahr, was du gerade denkst. Ich weiß noch
viel zu wenig und du tust gut daran mich die Myste-
rien nicht stur aufdecken zu lassen, schließlich bin ich
tatsächlich Mensch geworden und als ein solcher bin
ich zwar größer als ein Mancher, und doch bin ich
nicht gottgleich.

Markus erhebt sich und bittet mich, mit einer
sachten Handbewegung und flüsterndem Ton,
aufzustehen um ihm in den Eingangsbereich zu
folgen. So gehen wir Seite an Seite durch den ver-
dunkelten Saal und als wir draußen ankommen, da
scheint eine Lampe ganz hell und Markus nimmt
mich zur Seite. Er meint, mit funkelnden Augen
und harschem Blick, den ich von da an immer wieder in diesem Hause sehe, ich müsse mich jetzt bekehren, denn nur dann hätte ich die ultimative
christliche Liebe in mir, die sich alle Mitglieder
dieser so heilvollen und nützlichen Gemeinschaft
antrainiert haben. Meine Seele würde viel reiner
werden und mein Verstand und mein Mund

würden nur noch gute Gedanken und Worte hervorbringen.

Er erhebt seine langen, mit einem dunklen Hemd überdeckten Arme und drückt schließlich meine Schultern in Richtung Boden hinab, woraufhin ich verstehe...Und als ich vor ihm niederknie, spricht er: »Mein Freund, gehe mit Christus den guten Weg. Bekehre dein Herz zu Jesus hin und sei ihm Untertan. Nehme nicht den breiten, sondern den schmalen Weg, den nur wenige gehen, nämlich die die sich bekehren mit ihrem Herzen. Der Heilige Geist sei fortan in dir und er tue das gute Werk und sollten dennoch Geister in dich treten, so berufe dich auf den Heiligen Geist und die Geister werden wieder gehen. Verzage in solchen Situationen nicht, denn Böses und Zweifel gehören zum Leben dazu«.

Na toll, denke ich mit unterfordernder Miene. Dass Zweifel dazugehören weiß ich schon lange, aber Böses kann ich gar nicht gebrauchen. Obgleich ich den Satan vor zwei Jahren niederknien gesehen hatte, als ich ihm gut zusprach, so ist doch das Böse für mich immer wieder eine Herausforderung per se. Nicht wenige sind umgekommen im Kampf um Gut und Böse, der Satan hat viele dahingerafft. Und obwohl ich ihn zwischendurch schon mal mochte, so weiß ich doch mit Gewissheit – nach meiner klaren Erfahrung -

, dass er immer Hintergedanken hat. Loyalität verlangt er und Gehorsam und obgleich ich ihn mag, so kann ich ihm das von mir nicht geben.

Markus legt seine schmutzige rechte Hand auf meinen Kopf und flüstert noch schnell ein Gebet. Ich schließe die Augen und genieße das Gefühl von Freiheit und Wärme. Das ist es also, das ist der Heilige Geist, der nun in mir wohnt. Ich habe ihn erhalten, obwohl ich ihn gar nicht gesucht habe. Nichtsdestotrotz bin ich froh darüber, spüre gute schöne Gedanken in mir, vielmehr ist es ein schönes Gefühl, das mich überzeugt davon, sich bekehren lassen zu müssen.

»So mein Freund. Es ist getan. Du hast ein gutes Teil gewählt. Hättest du nein gesagt, dann wären weitere Jahre der Dunkelheit in dir zugegen gewesen, so aber hast du alles Schöne in dir das ich dir geben kann. Nun stehe auf und gehe nach Hause und sei gut mit deinen Eltern und Geschwistern«
Woher weiß er das? Wie kann er das wissen? Er kennt weder meinen Charakter, noch den meiner Geschwister, und schon redet er in einem Selbstverständnis, dass ich Geschwister habe und so schaue ich ihn zunächst ungläubig an. Er versteht meinen Zweifel und meint, es sei gut wie es ist. Er

habe eben Gaben, die Gott ihm - auch als Mensch – mitgibt. »Ich weiß so Einiges, wenn ich es wissen muss. Glaube diesen Zeichen und Wundern und du wirst mein Freund sein. Nur zu gut weiß ich, dass Zeichen schwer zu glauben sind, wenn man keine Erfahrung damit gesammelt hat. Du aber hast Erfahrung gesammelt und so verlange ich von dir, alle Zeichen, die du in diesem Gotteshaus erkennst und fühlst auch zu glauben«.

Im Saal wird es lauter und die Lampen leuchten, wie von Geisterhand alle wieder hell auf. Wer hat hier nur die Schalter unter seiner Gewalt? Und wie kommt es, dass mitten in Markus so einfallsreichen Ausführungen, gerade hier das Licht so stark und hell aufleuchtet?

Ich reiche Markus zaghaft meine Hand und er drückt sie fest. Im Saal wird gerade ein Lied gesungen: »Oh Gott, sei gelobt für den Heiligen Geist. Der zum Heiland uns führt und dann himmelwärts weist. Halleluja, sei gepriesen, Halleluja, Amen. Halleluja, sei gepriesen, Herr, segne uns jetzt«. Dies sind schon zwei wunderbare Zeichen, die ich hier erfahren darf. Wer weiß, möglicherweise bleibe ich weiterhin in dieser schönen und phantastischen Gemeinde, worin ich sicherlich bald eine Menge Freunde finden würde.

Ein zweiter Prediger besteigt die Kanzel, rückt das Mikrophon zurecht und grummelt kurz etwas. Markus zeigt mir mit einer Kopfbewegung, dass ich doch dorthin schauen möge, was ich sogleich tue.

»Meine Lieben. Hier haben wir den Heiligen Geist unter uns und Gott ist der Heilige Geist und er gibt uns diesen seinen Geist immerzu, bekehret euch immer wieder, betet für den Heiligen Geist und ihr werdet ihn immerzu von Neuem erhalten«.

Ich runzele zwar die Stirn vor lauter Religion, bin aber ganz angetan von so viel Weisheit und Verstand. Dieser Prediger hat Worte der Weisheit und der Logik, die ich nun verstehe. Es ist für mich eine solche Logik geworden, dass es selbstverständlich den Heiligen Geist gibt, und dass mir dieser immer wieder begegnet. Im Herzen möchte ich ihn immer wieder spüren, spüre ihn auch jetzt nach meiner Bekehrung.

Ich freue mich genüsslich und phantastisch bis über beide Ohren, meine, ich wolle jetzt zu meiner Familie gehen um dieses ereignisreiche und wortreiche Ereignis mit ihnen zu teilen. Markus nickt verständig und führt mich mit schweren Schritten hinaus in den Hof. Als ich ihm den Rücken zukehre, spicke ich noch kurz zurück und sehe doch erneut, wie er mit hängenden Schultern zurück in den Saal trabt.

2. KAPITEL

Pokal, Gwendolin und meine Seele

Mutter Mathilde öffnet mir, höflich und doch sorgend fragend, die Tür, Papa Claude sitzt, mit ungewissem Ausgang seines Manuskriptes, in seinem Arbeitszimmer. Ich trete vorsichtig und sanft trabend ein und begrüße zunächst Mutter, dann Vater. Es ist Samstagmittag und somit kein verpasster, ungeliebter Schultag. Meine Geschwister sitzen vor dem Fernseher und ziehen sich MacGyver rein. Simon bemerkt mich und wir begrüßen uns mit geballten Fäusten. Schwester Miriam genügt nur ein leises „hallo".

Die Lage ist ganz leger und locker und ich bin ebenso locker, ganz erfüllt mit diesem Heiligen Geist, den mir Markus zugeschustert hat. Ich möchte diesen Geist ausprobieren. Kommen dabei tatsächlich nur gute Worte aus meinem Mund und wie sieht es mit meinem Verstand aus? Ist der rein? Ich bemerke einen Gedanken in mir: *Ihr Lieben, bin ich froh euch zu sehen. Meine Eltern, meine Geschwister. Ich habe etwas ganz Schönes erlebt.*

Vater Claude horcht auf und dreht sich mit seinem übergroßen und ungeheuerlichen Arbeitsstuhl, und spickt zu uns herüber. Wir stehen im Flur und ich grinse Vater an. Einen tollen Vater habe ich da, auch wenn er vor ein paar Jahren noch ein wenig spießig war. Das hatte sich in seinen Manuskripten niedergeschlagen, doch seit meinen neu hinzugewonnenen Fähigkeiten mit der Parallelwelt, ist er auch anders geworden. Menschlicher, leidenschaftlicher.

Ich erzähle meiner Familie, dass ich beim Spazierengehen auf eine Halle gestoßen bin und dort eine religiöse Gemeinschaft kennenlernen durfte. Wie schön es da doch sei, und dass ich mich heute bekehrt habe, gestehe ich meine wohl für sie große, begangene Sünde. Miriam fragt, was denn eine Bekehrung sei. Ich erwidere: »Man bekommt den Heiligen Geist und redet nur noch gute Dinge«.

»Das ist aber schön, wenn auch ziemlich komisch«, sagt Miriam und grinst mich an. »Schon mal angewendet, deine schönen, reinen Gedanken?«, fragt sie weiter.

»Hmmh«.

Miriam: »Dann fange jetzt damit an, Bruder. Rede dir alles aus der Seele was tief darin steckt und ich sage dir wie rein deine doch so zerschundene Seele jetzt ist«.

Miriam hat absolut recht. Ich muss jetzt damit beginnen. Worauf warte ich noch? Markus hat seinen Dienst an mir getan, alles Weitere muss ich jetzt in Angriff nehmen.

Ich lege meine Arme um Miriam und Simon. »Meine Familie. Wie lieb ich euch doch habe. Ihr habt mich aufgebaut als ich es nötig hatte vor zwei Jahren und ich habe es euch in diesen letzten zwei Jahren mit meiner Freundschaft zurückgezahlt. Was gibt es Schöneres als den Zusammenhalt in der Familie, und gerade ich habe es nötig, wo ich doch ab und an böse Geister sehe und höre. Und doch geht es mir nicht schlecht«.

Mutter Mathilde meint: »Wir sind immer und ständig mit dir, wenn diese Geister und Dämonen dich befallen wollen. Auch wenn du damit umgehen kannst, so ist doch das Gefühl der Gemeinschaft ein starkes und wichtiges im Leben für einen jeden jungen und alten Menschen«.

Vater Claude fügt lieblich hinzu: »Ich war immer auf deiner Seite, Jules. Seit deiner Geburt habe ich dich sehr lieb, mein Sohn. Das sollst du wissen. Wenn du düstere Gedanken oder Worte pflegen solltest, so bin ich bei dir und unterstütze dich in allem was du dagegen tust. Ich helfe dir raus, wenn Geister dich befallen. Du brauchst nur ein Wort zu sagen und ich bin da«.

Mutter Mathilde greift mit den Armen um alle ihre drei Kinder und meint: »Ich bin auch da, für euch drei. Euer Papa und ich haben euch sehr lieb.

Hört nur ab und zu auf uns. Hier stundenlang fernzusehen ist nämlich auch kein Kulturgut«.

Die so belesene und kultivierte Mathilde, deren Vorfahren aus Deutschland stammen, zieht ihr Ding durch. Das hat sie schon getan, als wir noch in Frankreich gelebt haben und das vollbringt sie auch hier in Deutschland, dem Land ihrer Vorfahren. Liebe ist ein großes Wort, doch wir Kinder glauben ihr, dass sie alle drei liebhat. Welchen Grund hätten wir nicht so zu denken? Sie ist eine liebende Mutter und seit der Sache in dem Haus des Grauens ist sie auch mir näher gerückt. Ich habe sie lieb, sie hat mir schon ein ums andere Mal den Arsch gerettet, wenn ich böse Geister sehe und höre, die mich mit düsteren und quälenden Worten und Schweinereien belasten.

Mutter Mathilde betritt das Wohnzimmer, nimmt den Fernbediener auf und drückt die Aus-Taste. Der Fernseher erlischt und alle müssen akzeptieren, dass am heutigen Mittag kein fern mehr gesehen würde.

Sie kramt plötzlich eine Bibel aus dem Wohnzimmerschrank hervor und setzt sich auf die grünfarbige, hoffnungsgebende Couch, richtet ein Wort an mich, das besagt, sie wolle mal prüfen ob ich heute im Gottesdienst denn etwas gelernt habe.

Sie schlägt schnellstens intuitiv eine wichtige Seite auf und auch wenn ich ihr gestehe, dass ein einziger Gottesdienst für eine solche Prüfung nicht standhält, so bleibt sie stur.

»Hier steht, man solle sein Kreuz aufnehmen und Jesus folgen. Seine Familie verlassen und einem Leben mit Christus nacheifern.

Also, mein lieber Jules: Würdest du uns verlassen und ein Missionar für Jesus werden, der in den Ländern herumreist und den unchristlichen Völkern das Evangelium predigt? Würdest du alle Annehmlichkeiten hier, in der westlichen Hemisphäre, beiseiteschieben und ein armes Leben führen, so wie es in der Bibel steht?"

Ich setze mich neben Mutter Mathilde und sage ihr fromm und fröhlich, dass Jesus und seine Jünger Spenden gesammelt hatten. Sie hätten nicht arm gelebt, doch sie waren eine Gemeinschaft und hatten aus der Gemeinschaft gelebt. Ich meine ich habe meine Familie lieb und wäre nicht soweit einen solchen Schritt zu tun.

‹‹Ha, du Schuft, du kleiner Schisser. Da haben wir es››, sagt Mathilde. »Du bist weder kalt noch heiß, gehst einen Mittelweg, den Jesus – dein neues Vorbild - nicht gegangen war. Ich habe mal in der Bibel gelesen, dass derjenige der weder kalt noch heiß ist, sondern lau, ausgespuckt werden möge‹‹. Ich sage: »Ich kenne mich da zu wenig aus damit, um die exakten Worte wiederzugeben oder gar die richtige Bibelstelle dafür nennen zu können, aber in dem Sinne ist das wahr. Du bist mit mir auf einer Wellenlänge, Mutter. Allerdings: wer tut das heutzutage schon? Missionar zu sein. Sein Leben Christus verschreiben. Das alles ist aber sehr hoch gegriffen von dir Mama«?

Mathilde ist auch in der Bibel gebildet, hat missmutig aber ehrgeizig immer wieder darin gestöbert, und so weiß sie mehr was die Religion und deren Protagonisten angeht als ich es tue. So viel ich weiß, war sie nur selten in christlichen Gottesdiensten, bei diesen drögen und faden Ereignissen. Sie hat stets beteuert, dass sie auf ihre eigene, ausgegorene Art und Weise an Gott glaubt, und keiner möge ihr das doch bitte übelnehmen, wenn sie nicht in die Kirche oder in andere christliche Veranstaltungen einzieht, wie Jesus nach Jerusalem, und auch nicht zu Gott betet, was mir für eine christliche Frau doch als Minimum erscheint. Vater Claude setzt sich mit seinen neunzig Kilos zu seiner Frau auf die Couch und gibt ihr einen schmackhaften Kuss auf die rechte Wange. Streichelt ihr genüsslich über die rechte Schulter und sagt: »Wir haben dich so lieb, Mathilde«.

Ich schaue mich in unserem neuen, großgeräumigen Wohnzimmer um, der Schrank ist aus Mahagoniholz und stand noch von den Voreigentümern. Ich spüre etwas, eine bizarre Atmosphäre scheint mir nahe, wohl hinter einer Tür des Schrankes. Eine Eingebung, ist es wahr und ist es schön und gut? Was ist hinter der Türe die in den Flur hinausgeht? »Leute. Es ist etwas in diesem Raum, dass mich ordentlich aufhorchen lässt. Dass da etwas Nützliches sein könnte, liegt mir im Gespür. Vielleicht etwas, dass die Voreigentümer uns hinterlassen haben könnten«. So öffne ich ihn im Bestreben etwas Schönes zu ergattern und meine Hoffnung soll sich doch bestätigen. Hinter der Türe steht ein Pokal. Denke ich zumindest. Er ist nicht überragend groß, aber so wie Pokale nun mal sind. Er scheint vergoldet zu sein und ich erkenne eine Figur darauf. Diese Person umschlingt mit dem Rücken den Pokal und hat die Arme zur Seite gelegt. Als ich genauer hinsehe, ist mir klar was das ist.

„Seht nur. Es ist gar kein Pokal. Es ist eine vergoldete Statue«. »Woher weißt du denn was eine vergoldete Statue denn ist«? wirft Vater Claude in den Raum. »Es ist Jesus am Kreuz«, bezeuge ich feierlich. »Die Voreigentümer müssen religiös gewesen sein. Wie nennt man so etwas, Mama«? Mutter Mathilde sieht es sich von allen denkbaren und dunklen Seiten an und prompt kommt die Antwort auf meine für sie so einfache Frage.

»Es ist eine sogenannte Reliquie, mein Sohn. Ich dachte immer du seist schlauer als ich. Aber weit gefehlt. Also, mein Sohn: Es ist eine Statue von Jesus am Kreuz und wenn du willst kannst du sie für dich behalten. Ich brauche sie nicht, Jules, und es ist wohl auch kein anderer hier daran interessiert. Also…du kannst sie auch in deine neue Kirchengemeinde mitnehmen. Dort wird sie Anklang finden, mein Lieber. Das ist sicher wie das Amen in der vermaledeiten Kirche in Deutschland«.

Mutter Mathilde ist noch gebildeter als ich denke, doch das hätte ich auch, mit meiner Auffassungsgabe, voraussehen können. Sie stellt das auch so genüsslich zur Schau, dass ich dümmer bin als sie. Aber ich will das nicht gelten lassen. Möglicherweise ist sie sehr kultiviert, mit ihren Locken die sie zum Zopf gebunden hat und einem altertümlichen Gesicht, das praktisch Kultur auf der Stirn geschrieben hat.

»Gut, Mutter. Ich nehme sie gleich morgen mit in die Kirche. Die Leute dort werden sich, so wie ich sie hier einschätze, sehr freuen, schließlich ist da Jesus drauf abgebildet. Was gibt es Schöneres für eine solche fanatische Kirche als eine Reliquie im Saal stehen zu haben. Ich weiß auch schon wo ich sie dort abstelle. Auf dem großen, wunderschönen Altar, der hinter der Kanzel sein unnützes Leben fristet. Aber vielleicht wird dieser Altar doch bald Anklang finden, wenn die Reliquie darauf zu bestaunen ist«.

Ich greife mir kurzerhand die leichtgewichtige Statue und bringe sie – stolz und ehrenvoll – in mein Zimmer, das im Erdgeschoss liegt. Auch Miriams Zimmer liegt im Erdgeschoss, Simon aber hat sein Reich im Obergeschoss.

In meinem Zimmer angekommen schaue ich mich um und suche den geeigneten Platz dafür. Es ist… das Bücherregal, darauf stelle ich die Reliquie, morgen wird sie eh wieder heruntergenommen, wenn ich sie in die Kirche bringen werde. Ich bin mit meinen sechzehn Jahren groß genug um die Statue dort oben hinstellen zu können und betrachte sie derweil ganz frenetisch.

Meine Schwester Miriam klopft an die Türe und ich öffne die knarzende Holztüre. Miriam lässt sich nicht nehmen auch nochmal einen Blick darauf zu werfen. Sie streckt den Hals und betrachtet die Reliquie Jesu, lächelt dabei und fragt, ob ich denn wirklich Gefallen an Jesus gefunden habe.

»Hmmh«, sage ich. „Diese Statue ist etwas ganz Besonderes und jetzt, da ich Jesus doch irgendwie gefunden habe in all dem frenetischen Trubel dort, sehe ich, dass auch er besonders ist."

»Nun, Bruder: Wie meinst du das, du hast ihn gefunden? Hast du denn deine Gabe eingesetzt und ihn tatsächlich – dort in der Kirche – getroffen? Das wäre nicht unglaubwürdig, schließlich hattest du vor zwei Jahren diesen unheimlichen Besserwisser zu dir gezogen. Er mochte dich und wenn ich raten müsste, so würde ich sagen, dass auch Jesus dich mag. So kenne ich dich nun mal«. Miriam hat den Nagel auf den Kopf getroffen, der Böse schlechthin mag mich und Jesus – hier Markus – mag mich ebenso. Ich bin wie ein Magnet für die Parallele Welt, so bin ich nun mal. Doch – so glaube ich –, es liegt auch in der Familie. So haben auch meine Geschwister einen Hang oder ein Talent für die andere Welt, schließlich hatten auch sie diesen schwarzen Schlumpf gesehen, hatten gespürt, dass er es war. Das Sehen ist nicht einmal das Schwierigste. Das Glauben ist es, was nicht viele beherrschen. Das Fühlen ist es, was die Wahrheit zeigt, obgleich Psychiater gerne einmal davon erzählen, dass bei Schizophrenen die Neurotransmitter durcheinandergeraten und sie verkehrt fühlen und denken; sich in eine Fantasiewelt begeben, aus der sie nur mit Medikamenten wieder herausfinden. Ich aber nehme keine jedwede Medikamente, ich stecke nicht ganz so tief in der Fantasie drin und bin meiner dummen Meinung nach in einer gewissen Balance. Ich erinnere mich noch an das Haus des Grauens und wie ich zu Beginn schlechte Gefühle in mir hatte. So schlimm ist es seither nicht mehr gewesen und darüber bin ich mehr als froh. Mich aber hier als geheilt zu sehen, sollte ich mir jetzt, in diesen neuen, schönen Tagen, nicht anmaßen.

Als Miriam genug gesehen hat, verlässt sie mein Zimmer und ich lasse mich rücklings auf mein Bett fallen. Das ist Freiheit. Das ist eine gewisse Reinheit, die ich von nun an – laut Markus – besitze. Meine Worte sind tatsächlich frischer und reiner und ich hege auch keine üblen Gedanken mehr. Diese Bekehrung ist Gold wert, kaum aufzuwiegen, und so nehme ich mir nun vor, Geister ab acta zu legen und nur noch mit Engeln zu kommunizieren.

Ich schaue zur Decke und bemerke dort einen wunderschönen Engel haften. Gott schickt mir also prompt einen solchen, um meinen Glauben weiter zu stärken und das begrüße ich sehr mit einem Lächeln und einigen Worten, die ich an den Engel richte:

»Bist du mein Freund, schöner heller Engel? In welcher Absicht kommst du und kann ich dir weiterhelfen? Nicht, dass du antworten musst, aber ich bin richtig erstaunt über deine wunderbare und eloquente Schönheit«.

Der Engel setzt sich neben mich aufs Bett und grinst so richtig verschmitzt, wie ein Jüngling bei der Konfirmation. Ich sehe ihn mir genauer an, die Flügel sind klein und das Wesen ist ebenso winzig. Es muss wohl ein junger Engel sein, ein Kind praktisch.

Der Engel sagt: »Ich denke ich bin da um *dir* zu helfen, mein Freund. Mein Name ist Gwendolin und ich bin dir zugeteilt, so viel ich weiß möge ich dich bei guter Laune halten, wenn du denn einverstanden bist? Das ist kein Hexenwerk, so eine Bespaßung. Lässt du es zu«?

Ich grinse Gwendolin an, schaue zur Decke und lasse mein Herz sprechen:

»Gute Laune kann ich weiterhin gebrauchen, also bleibe doch bei mir und leiste mir stets Gesellschaft. Du scheinst aufgeweckt und locker. Das sind tolle Eigenschaften, die ich sehr begrüße. Also tue dein Werk und lächle stets. Deine Freude ist für mich eine Wonne, meine Freundin. Ich habe aber schon den Heiligen Geist, und dieser macht mein Herz weich und geschmeidig. Doch dein Lächeln toppt das Ganze noch«.

Als mein Bruder Simon eintritt, frage ich ihn ob er Gwendolin denn sehe. Er verneint, einmal den Teufel gesehen zu haben habe ihm schon gereicht. Ich lasse ihn wissen, dass Gwendolin ein Engel ist und zu den Guten gehöre. Als er das vernimmt erhellt sich sein Gesicht und er lächelt fröhlich. Ob ich denn machen könne, dass er Gwendolin sehe. »Wie soll das gehen‹«? sage ich. »Wenn du deine Seele aber ein Stück aus deinem Körper kommen lässt – so wie es bei mir ist – dann ist es auch dir möglich«.

Simon schaut betrübt. Wie er denn seine Seele heraustreten lassen solle ist seine Frage. Ich bekräftige ihm, ich hätte es damals auch geschafft, einfach weil ich warm und angenehm mit meiner Stimme gesprochen hatte, ganz stur diese Technik verfolgt hatte und so meine Seele aus dem Körper trat.

Ich mute meinem Bruder wohl zu viel zu, obgleich er noch schlauer ist als ich, andererseits war ich wohl schon immer etwas verrückter als er. Ich hätte ihm das mit der Technik vielleicht gar nicht erzählen sollen, nachher bin ich schuld, wenn er in eine Psychose fallen sollte. Mir gefällt es, so wie es heute ist und das kam erst durch diese Technik mit der Stimme. Heute benutze ich die Technik nicht mehr, denn sonst tritt meine Seele auch noch ganz aus meinem Körper und ich vegetiere dahin, sterbe.

3. KAPITEL

Möge der Bessere gewinnen. Erkenntnis um Jesus. Der Hochgewachsene.

Ich packe mir die Statue in meinen großen, blauen Rucksack, gehe schweren Schrittes ins Treppenhaus und binde mir die Schuhe. »Bin in der Kirchengemeinde. Bis zum Mittag bin ich zurück«.
Mutter Mathilde nickt mir zu, als sie mich durch den Flur erblickt. Miriam und Simon begnügen sich an diesem Sonntagmorgen mit ihrer Playstation und Vater Claude ist in seinem Arbeitszimmer und mit einem Manuskript beschäftigt.
Ich trete vorsichtig noch einmal kurz ins Wohnzimmer um meine Geschwister zu verabschieden. »Von euch will wohl keiner mit mir kommen, oder? Wäre doch echt super…aber gut, wenn Ihr nicht religiös seid. Aber schließlich ist der echte heilige Jesus dort zugegen«.
Simon überhört meinen letzten Satz, Miriam aber hat sehr wohl aufgepasst und mokiert: »Wieder so ein Hirngespinst von dir. Du glaubst doch nicht wirklich, dass der echte Jesus hier in Hennochheim lebt? Das wäre ein Phänomen, um ehrlich zu sein«.

Ich grinse sie an und gehe mit nun leichteren Schritten aus dem Haus. Ich habe Jesus mit großer Wahrscheinlichkeit erlebt, ihn angesprochen, Zeichen, die auf ihn deuteten schwirren noch in meinem Kopf umher.

Bis zur Gemeinde sind es zu Fuß nur etwa zwanzig sichere Minuten, was keine große Distanz für mich bedeutet. Dass meine Geschwister mit mir und der phantastischen Gemeinde nicht mitziehen, habe ich schon verärgert erkannt, schließlich sind sie mehr der Unterhaltungselektronik zugewandt, als einem Gottesdienst – was bei den heutigen Jugendlichen Gang und Gäbe ist.

Mir ging es früher nicht anders, aber die Paranoia ist für mich nun mal spannend genug und so beschäftige ich mich lieber mit spirituellen Dingen. Der Engel Gwendolin ist der Anfang einer schönen Sache für mich. Von nun an ist mein Leben wunderbar und all die Mühe und das Leiden zahlen sich jetzt aus.

Auf halbem Wege bemerke ich wie schwer doch die Statue im Rucksack ist. Ich habe ja gedacht, sie sei vergoldet, womöglich aber ist sie komplett aus Gold und der Goldpreis ist in der heutigen Zeit ja astronomisch hoch. Verkaufen würde ich sie dennoch nicht. Sie möge einen Platz auf dem Altar der Gemeinde finden, wo alle Mitglieder der Kirchengemeinde sie bestaunen können.

Das Tor zuerst und dann die Türe zur Kirche sind bereits geöffnet und ich trete mit einer Neugier und einem liebevollen Gespür hinein. Gerade eben, vor der Eingangstüre, sah ich zwei Autos auf dem Parkplatz der Kirche. Das müssen Älteste oder andere Verantwortliche sein, die bereits aufgeschlossen haben. Als ich die ersten Schritte, über einen roten Teppich, in den Saal hineinnehme, erblicke ich den Ältesten Peter, der mir geschmeidig zuwinkt und ein Lächeln für mich übrighat. Ich komme in Richtung Altar auf ihn zu, packe kurzerhand die Statue aus dem Rucksack und überreiche sie dem schlanken, großen Peter.

»Hier, mein Freund. Ich denke diese Reliquie wird einen schönen Platz hier drin finden. Es ist Jesus darum geschwungen, mit ausgestreckten Armen und dem Kreuz auf dem Rücken. Ich vermute sie ist ganz aus Gold, aber verkaufen sollten wir sie nicht, auch wenn wir damit Spenden sammeln könnten. Hier bitte«.

Peter nimmt mir die Statue ab und stellt sie, ganz mit Gefühl in den Händen, auf den Altar, dorthin wo sie am Besten hinpasst.

»Wie schön unser aller Jesus darauf aussieht«, sagt Peter und kommt in einer Bewegung zurück zu mir.

Ich sage: »Und er sieht dem echten Jesus sehr ähnlich«.

Woher ich denn wisse wie der echte Jesus aussieht möchte er gerne wissen. Da bemerke ich, dass er nicht an Markus – den wahren Jesus – glaubt. Er hat wohl die Zeichen nicht gedeutet, weiß nicht, dass Markus Jesus ist und dennoch will ich ihm das nicht ankreiden, schließlich ist er der Vorsteher der Gemeinde.

Nach und nach trudeln die ersten Mitglieder der Kirchengemeinde herein, Markus ist einer von ihnen und er reicht mir im Saal die Hand, dann geht er ins Foyer zurück, um dort jedes hereinkommende Mitglied mit einem zärtlichen, wenn auch bedauerlich schrägen Blick zu begrüßen. *Er nimmt wohl sein Amt als Gottes Gefährte sehr ernst. Diesen unbeschreiblich mächtigen Glauben rechne ich ihm sehr hoch an.*

Plötzlich erspähe ich eine Jugendliche, die scheint als hätte sie Gott gerade eben aus dem Himmel geworfen, doch auch Markus hat wohl ein Auge auf sie geworfen. Er gibt ihr ganz zart die Hand und flüstert ihr sehr, sehr leise etwas zu. Ich stehe einfach einige Meter zu weit weg, sonst wüsste ich womöglich was da vor sich geht.

Als sie in den Saal hereintritt, reiche auch ich ihr mit viel Macht und leichtem Lächeln die kleine, feine Hand. Ich nenne ihr meinen Namen, sie sagt ihr Name sei Viviane. *Was für ein wunderschöner, edler und seltener Name,* denke ich, doch sie scheut sich vor mir. So tritt sie zur Seite und schaut sich im halb vollen Saal um. Ich nehme das als Abfuhr hin, sie hat wohl viele Verehrer hier in der Gemeinde, mein Gott, selbst Jesus Christus ist auf sie angesprungen, und welche Chance habe ich da noch?

Markus gibt auch einer anderen Jugendlichen die Hand. Dieses Mädchen kommt hernach direkt auf mich zu, freut sich mit offenem und schmunzelndem Lächeln über mein Kommen und nennt mir zur Begrüßung ihren Namen: »Pauline«. Ich sage ich sei Jules und ich sei ein neues Mitglied dieser Gemeinde, sechzehn Jahre alt, aus Frankreich kommend, allerdings wären meiner Mutter Vorfahren aus Deutschland.

Die hocherfreute Pauline ist ganz auf meiner Wellenlänge, unser Gespräch ist extrem harmonisch, auch wenn ich mir eine Beziehung mit ihr nicht vorstellen kann, *noch* nicht vorstellen kann. Eine Freundschaft mit ihr ist das, was ich gerade anstrebe, als ich sage: »Ich habe mich gestern bekehrt, liebe Pauline und ich freue mich darauf dein Bruder sein zu können, wenn du meine Schwester sein willst. Was sagst du? Sind wir gute Freunde«?

Pauline hält kurz inne. Habe ich sie vor den Kopf gestoßen? Hatte sie sich in der kurzen Zeit schon viel mehr vorgestellt? Ich kann da nichts machen,

Pauline zieht mich in erotischem Sinne nicht an, ganz anders sieht es mit Viviane und ihrer markanten, süßen Ausstrahlung aus. Ich flüstere mir selbst zu: »Gut Markus, der Kampf beginnt und möge der tatsächlich Bessere und charmantere gewinnen«.

Die nun trotzig dreinschauende Pauline kehrt mir den Rücken zu und spricht mit einem jungen Bruder. So nennen sich die Mitglieder untereinander: Brüder und Schwestern, und dem möchte auch ich folgen, bin ich doch jetzt Teil dieser Gemeinschaft. Ob es da sinnvoll und legitim ist, dass sich zwei Jungs um ein Mädchen streiten? Ich weiß nicht wie lange Markus schon auf die nicht langweilig wirkende Viviane steht. Hat er sie womöglich schon mit erotischen Worten angesprochen, obwohl er der reine Jesus ist? Hat er sie bereits angemacht und hat sie dabei standgehalten? Möglich ist auch, dass er *ihr* gefällt, allerdings sehe ich in diesem Moment wie leidvoll und niedergeschmettert Markus` Blick über die Bänke schweift und wie sauer Viviane nun über sein offenkundiges Leid dreinschaut. Markus setzt sich auf eine Bank und senkt den Kopf, hat glasige Augen und seine zuerst trockene Haut schwitzt. Ich kenne solche Zeichen, habe doch selbst das eine oder andere Mal so ausgesehen. Ich denke, dass Viviane solche Jungs, wie Markus und mich, nicht

ausstehen kann. Zu leidvoll, zu verrückt, ganz außer Norm sind wir wohl für sie. Ich bin mir nun
sicher, dass Viviane psychisch Ungesunde nicht
leiden kann, als ich sehe wie arrogant und ohne
jedes Mitleid sie an Markus vorbeischlendert. Das
ist nun meine Gelegenheit. Aber soll ich ihm
wirklich seine Angebetete ausspannen? Aber Ausspannen ist es auch nicht, denn ich bin mir sicher,
dass sie noch nicht die seine ist. Noch nie gewesen
war und – so schlecht wie Markus hier gerade
ausschaut – auch nie sein wird.

»Wie ist dein Name, nochmal«, frage ich Viviane.
Sie antwortet und fragt nach dem meinen. Ich
sage ich sei Jules und bekräftige, dass ich mich
gestern schon bekehrt habe und sie nun meine
Schwester sei. Ich erkenne etwas in ihrem Gesicht. Sie möchte wohl nicht nur meine Schwester
sein, sondern meine feste Freundin. Ich bemerke
das in ihren Augen, die glänzen und in ihrem
Blick, der mir verrät, dass sie mich will. Als ich sie
nach ihrem Alter frage, meint sie, sie sei sechzehn.
Ich gebe mein Alter von ebenfalls sechzehn an
und lächele sie gekonnt an.

»Sage bitte bitte nicht mehr, ich sei deine Schwester« mault sie und kommt sodann ganz schräg,
wie eine listige Hexe, einen Schritt näher an mich
heran. Sie steht nun direkt vor mir und ich sehe
ihre Grübchen und ihre vollen Lippen. Ich sage:

»Ich bin einverstanden. Sind wir denn mehr als Geschwister? Ich meine, ich mag dich. Ich weiß aber nicht sicher, wie es bei dir steht«.

Sie verdreht die Augen und meint, es sei doch offensichtlich, und ob ich denn so dumm sei, nicht zu bemerken, dass sie mich ebenso sehr mag.

Jetzt ist sie die meine, obwohl…so, wie sie mich hier ansieht. Ob sie mir meine Wahrheit ansieht? Schließlich bin ich besonders und habe hier und da schon Erfahrung in Parapsychologischem gesammelt. Aber wie zeige ich ihr meine Gabe ohne sie vor den Kopf zu stoßen und Widerwillen in ihr zu wecken? Unseren hageren und aufstrebenden Markus hat sie jetzt abserviert, jetzt würde auch ich folgen? Ich muss nur positiv denken und sprechen, schließlich habe ich den so großen Heiligen Geist in mir, und so meine ich: »Ich denke, dass wir alle – die wir hier bekehrt sind – als heilig gelten. Nicht nur Jesus ist demnach heilig, sondern auch wir. Was sagst du dazu, Viviane«?

Sie runzelt kurzerhand die vermaledeite Stirn und meint frech, beinahe wie zugedröhnt, es sei frevelhaft sich Jesus gleichzustellen. Ich aber sehe Markus und kann mich ihm sehr wohl gleichstellen. Weiß sie denn nicht, dass ihr lieber Jesus, der hier leidende Markus ist? Mir scheint als sei die Gemeinschaft eingeteilt in die, die Jesus hier in der Kirche erkennen und denen, die die Zeichen nicht

wahrhaben möchten; so wie die unweigerlich
schöne Viviane.

Viviane dreht sich weg und wirbelt dabei ihr brü-
nettes Haar in der Luft. Sie geht zwei, drei kleine
und lockere Schritte weiter, weg von mir, und
spricht Pauline an. Ich bemerke dennoch, dass sie
heimlich zu mir herüberlugt. Ich muss demnach
nicht alles falschgemacht haben. Ich sehe dieses
Zeichen und fordere mich selbst auf, an ihr dran-
zubleiben, gehe nun aber ebenso einige Schritte,
aber stur und gefährlich schroff, in die andere
Richtung. Dort steht ein kleiner, glatzköpfiger
Jüngling, den ich sofort anspreche, weil er mir
gleich sympathisch herüberkommt.
»Du bist wohl der Neue. Jules, richtig? Ich heiße
dich herzlich willkommen. Ich bin Peters kleine-
rer Bruder und ich leite die jungen Leute hier in
der Gemeinde. Du scheinst mir zu den Jungen da-
zuzugehören, stimmt`s«?
Ich gestehe: »Ja. Ich bin sechzehn, aber sag mal:
Was tun denn die jungen Leute Besonderes, hier
in dieser Gemeinde? Wobei leitest du sie denn«?
»Nun, mein lieber Jules. Die Jungen dieser Gemeinde halten an den Freitagabenden einen eigenen Bibelkreis und sie sind auch der Chor der Gemeinde. Willst du dazugehören? Dann komme

einfach am Freitagabend in den Bibelkreis, dort lesen wir aus der Bibel und erklären uns gegenseitig welche Bedeutungen die Verse darin haben‹‹.

Mir erscheint dieser Bibelkreis als sehr schön. Ich habe ein untrüglich tolles Gefühl dabei, und sage mir innerlich, dass ich in jedem Fall dazustoßen würde. Der Bruder von Peter ist demütig und angenehm, so wie es wohl in einer solchen Gemeinschaft Gang und Gäbe ist. Die schöne, hochgewachsene Viviane aber erscheint mir dabei gar nicht demütig und auch nicht angenehm. Irgendetwas ist mit ihr schiefgelaufen und ich würde gerne mit dem Ältesten (Peter) darüber reden, ob man denn da eingreifen müsse oder ob sie einfach noch zu jung für Demut wäre.

Markus – der noch zusammengekauert dasitzt – erkennt meinen Gedanken und sagt: ››Du hast recht. Sie ist arrogant, war sie schon immer. Und wenn du willst gehen wir zusammen zu Peter und machen ihn darauf aufmerksam. Ich sehe ja selbst wie sie mich abstößt, so wird es auch dir mit ihr ergehen. Du wirst schon sehen, Jules‹‹.

Markus erhebt sich genügsam von der hölzernen Bank und schlendert nur wenige Meter zu Peter hinüber, nicht ohne mir vorher ein Zeichen zu geben. Sein Arm schwingt dabei um seine Hüfte und er zwinkert mir, mehr grob als gefühlvoll, zu. Ich möge doch mitgehen, denkt er bestimmt. Hölzern ist sein Wesen und starr seine Augen. Trotzdem folge ich ihm und nehme den Gang unnachgiebig. Doch schließlich lasse ich zunächst Markus zu Peter sprechen, halte mich zurück, körperlich und geistig. Auch wenn jetzt ein Wort von meiner Seite angebracht wäre, denke ich doch, ich sollte nicht nur stur sein. Nicht nur herrisch.

Markus kommt als sehr schüchtern herüber, als er Peter unsicher ansieht. Dieser tut es Markus gleich und verhält sich ebenso. Nur nicht ein Mitglied vor den religiösen Kopf stoßen.

»Mein lieber Peter«, sagt Markus. »Du sollst wissen, dass Jules und ich etwas sehr Merkwürdiges erkannt haben. Es geht hierbei um Viviane. Sie ist sehr selbstverliebt und das passt hier nicht rein«.

Peter: »Bist nicht auch du selbstverliebt und habe ich *dich* darauf angesprochen? Warum sollte ich dann Viviane vor den Kopf stoßen? Wer ohne Sünde ist, der werfe den ersten Stein, mein lieber Markus«.

Ich trete vor und dränge Markus ein wenig zur Seite, sage: «Selbstverliebtheit möge man doch verzeihen, dass sie aber so mit uns umspringt, das geht nicht, Peter«.

Peter wirkt abgeklärt als er meint: »Wie springt sie denn mit euch beiden um«?

Markus ist weiterhin ein wenig blass im Gesicht, und bringt nur krächzend folgende Worte hervor: »Sie tut ihre Spielchen mit uns. Ist das eine Frau die religiös ist«?

Peter denkt nach und sieht dabei zu Viviane hinüber. »Sie spielt also, sagt Ihr«?

Sodann geht er zum Altar, nimmt meine eingeführte Reliquie in die Hände und stellt sie auf das Rednerpult. Der erste Prediger schreitet voran und sieht sich die goldene Reliquie vergnügt und interessiert an. Sein weißes Haupt zeugt von einem reifen Alter, er steht demütig vor dem Pult und spricht ein leises Gebet. Dann rückt er das Mikrophon zurecht und spricht hinein, obwohl sich noch nicht alle gesetzt haben.

»Meine geliebten Brüder und Schwestern. Könnten wir vielleicht zur Ruhe kommen, damit wir den Gottesdienst – hier, mit der Reliquie – beginnen können«.

In diesem Moment sehe ich einen Strahl in den Raum vor dem Redner hineinfallen. Es ist wohl…ja, es ist…Der Redner sieht es auch, da er sehr erstaunt dreinblickt. Was geht hier vor? Wer tut dieses herrliche und schöne Zeichen? *Gott, du bist es, nicht wahr? Du bist einfach schrecklich wunderbar. Aber woher dieser verschmutzte Gedanke in*

*mir? Ich habe doch den Heiligen Geist in mir, weshalb
also diese Worte in meinen Gedanken?*

Die Sonne.

Sie scheint von oben herein, beleuchtet nur einen
Quadratmeter, aber es ist der Platz, den die Reliquie einnimmt. Die Reliquie wirft den Strahl direkt auf Markus weiter, der in der dritten Reihe
sitzt. Ich erkenne sofort das Zeichen. Markus ist
ebenso eine Reliquie, Jesus Christus ist er, ein
Heiliger vor dem Herrn, auch wenn er leidet wie
ein Hund. Man sieht ihm sein Leid deutlich im
Gesicht an und daran wie er seine Schultern hän-
gen lässt. Doch ich weiß wie wertvoll er tatsächlich ist. Ich weiß, dass er eigentlich, von der Geschichte her, der älteste im Saal ist.
Markus erhebt sich und geht in den Gang, eine
Schwester, die neben dem Gang sitzt erhebt sich
ebenso und geht vor ihm auf die Knie, berührt
seine Hose, in anthrazit, und senkt ihr Haupt. Er
nimmt zärtlich ihre Hand und küsst diese. Die
Frau setzt sich an ihren Platz zurück und ist voller Liebe, was man ihr im Gesicht ansieht.
Jesus hat also schon wieder Jünger gesammelt,
solche die den Zeichen zugetan sind und sich her-
ablassen können, in der Hierarchie unter ihm zu
stehen. Peter und Viviane tun das nach meiner

Beobachtung nicht. Ob sie Zeichen offen gegen-
überstehen? Sie sind beide behände und zärtliche
Menschen und dumm sind sie jedenfalls auch
nicht, und so frage ich mich inbrünstig, wie sie
diese Wunder und Zeichen nicht mit Markus in
Verbindung bringen können. Vielleicht spüren sie
es, aber glauben können sie es nicht. Ich hingegen
– wo ich bislang nicht viel in der Bibel studiert
habe - bin sehr offen dafür, Markus als Jesus zu
erkennen, und dieser Jesus sieht es mir an, dass
ich eine wundervolle Gabe habe, eine solche mit
der parallelen Welt zu kommunizieren.

Ich stehe auf und mache mich mit schnellen
Schritten und ausufernden Bewegungen daran, in
die Richtung von Markus zu schreiten, um Markus meine Hand zu reichen und ihn wieder ins
Licht der Sonne zu setzen. Dabei komme ich an
seinem angestammten Platz vorbei und das Sonnenlicht – reflektiert von der Reliquie -, scheint
jetzt auch auf meinen Körper. Ich bleibe kurz stehen und Markus lächelt mich an. »Auch du bist
eine Reliquie, mein lieber Jules«, flüstert er mir
zu. Dabei führt er seinen Mund an mein Ohr und
meint weiter: »Auch du bist besonders, das sehe
ich deutlich an dir. Sei heilig, mein Freund und
habe nur gute Worte, wie schlecht es dir auch ergehen möge, das eine oder andere Mal«.

Ich lächle ihn gutmütig und freudig eingestellt an und gebe ihm einen Kuss auf seine linke Wange. Er sagt: «Ich hoffe du verrätst mich nicht, Jules. Das könnte ich ein zweites Mal nicht ertragen, auch wenn ich von meinem Leben vor zweitausend Jahren keine Erinnerung habe. Und doch habe ich die Bibel, worin aufgezeichnet ist, was ich sagte und tat«.

Der liebe Markus hat sich gut auf die Rolle als Jesus vorbereitet. Ich bin mir sicher, dass er viel in der Bibel liest, einfach um zu wissen wer er war, und damit zu vergleichen, wer er heute ist. Dass er im Leid drinsteckt ist symptomatisch für ihn, der leidende Jesus ist er damals geworden und heute führt er dies fort. Ich hoffe ich kann ihn irgendwie umkehren lassen, ihn umstimmen und Freude und Glück in ihm aufkommen lassen.

»Weißt du Jules. Deine Gedanken sind wundervoll und wenn du mir helfen willst Glück und Freude zu empfinden, dann heiße ich das sehr gut und werde dir rechts von meinem Thron einen Platz geben«.

Ich aber sage: «Teurer Jesus. Ich bin nicht wert neben dem deinem wohl himmlischen Thron zu sitzen, aber ich möchte dir Freude bringen, weil auch ich Freude empfangen habe, nach Wochen von Leid und Elend. Jetzt aber bin ich fröhlich gestimmt und möchte weitergeben, was mir geschenkt ist, nicht um es zu verlieren, sondern um dich damit anzustecken«.

Der Älteste, Peter, sieht mich grimmig und dermaßen unzufrieden an, dass ich verstumme. Ich möge doch leiser sein mit meinen Äußerungen. Der Prediger stehe nicht zum Spaß dort oben, sondern möchte seine Weisheit weitergeben.

Ich nicke ihm zu, reiße Markus bedächtig und sanft am Hemd, ziehe ihn dabei auf die Bank zurück und setze mich samt dem Heiligen auf seine angestammte Bank, wo gerade noch zwei Plätze freigeblieben sind.

Markus lässt das mit sich machen, doch er scheint jetzt – dank meiner Ansprache – glücklicher dreinzuschauen. Ich kann es durchaus erkennen: Er ist froh über mich und meine Worte und ich bin froh ihm helfen und ihn führen zu können, obgleich auch ich womöglich eine gewisse Hilfe für mein Leben sehr gut gebrauchen könnte, schließlich sind meine Worte noch grob; unsanft. Das erkenne ich in diesem zunächst scheinbar guten Moment.

Der Prediger holt aufatmend aus, meint: »Ihr Lieben. Gott hat uns einen Sohn geschenkt, der uns Friede und Wonne geben mag. Huldigen wir ihm und setzen wir ihn auf den Thron, dorthin wo er hingehört, meine Lieben. Wir dienen ihm und er dient uns, auch heute ist er mitten unter uns und schenkt uns gerade jetzt sein Lächeln, das er aus den Tiefen seiner Seele heraufholt«.

Der Prediger sieht Markus an, dieser flüstert seltsamerweise etwas mit sich selbst und mir ist bewusst, dass der Prediger ihn erkannt hat und dass Markus dem Prediger schöne Gedanken sendet.

Gedankenübertragung,

man könnte auch sagen: Gefühlsübertragung, ist mir durchaus bekannt und so nehme ich mir eine solche Übertragung vor.

Jesus Christus. Du bist wunderbar und ich möchte tatsächlich einer deiner Jünger sein, für heute und für immer. Auch wenn du gelitten hast, so bitte ich dich das abzulegen und ein Grinsen aufzulegen. Also, was sagst du dazu?

Markus antwortet in Gedankensprache.

Lieber Jules. Ich spüre deine Gedanken und bin froh, dass du zu mir gehören möchtest. Gerne nehme ich dich auf in dieser Sippe, sei mein Gast und mein Diener und ich werde loyal sein.

Der Prediger gibt an, man möge doch das Lied 563 aus dem Gesangbuch singen.

Die Menge singt:

»Es mag sein, dass alles fällt, dass die Burgen dieser Welt um dich her in Trümmer brechen. Halte du den Glauben fest, dass dich Gott nicht fallen lässt: Er hält sein Versprechen.

Es mag sein, dass Trug und List, eine Weile Meister ist; wie Gott will sind Gottes Gaben. Rechte nicht um mein und dein: manches Glück ist auf den Schein, lass es Weile haben.

Es mag sein, dass Frevel siegt wo der Fromme niederliegt; doch nach jedem Unterliegen, wirst du den Gerechten sehen, lebend aus dem Feuer gehen, neue Kräfte kriegen«.

Die Menge verstummt, als der Prediger, mit weichen Händen schwingend, ein Zeichen gibt. Man möge doch bis hierher singen und nicht weiter.

Markus strahlt im Gesicht. Ich weiß, er fühlt sich mit diesem Lied angesprochen und was sonst kann er hierbei fühlen, wenn nicht seine unweigerliche Meisterschaft.

Der weißhaarige Redner setzt zur Rede an:

‹‹Meine Lieben. Wir haben uns versammelt um heute Jesus zu frönen, ihn zu ehren und uns ihm unterzustellen…‹‹ In diesem Moment geht Markus die Stufen zum Pult hinauf, stellt sich zu dem Weißhaarigen, und spricht frech ins schwarze Mikrophon:

››Jesus mag euch als Untertanen haben, dennoch will er das durch seine Demut so nicht fordern. Vielmehr sieht er eure Größe und seine Kleinheit.

Also seid euch bewusst darüber, dass er zwar Ehre verlangt, aber Untertanen nicht benötigt. So mögen wir doch froh sein, einen so guten Jesus zu haben, einen, der hier unter euch ist, aber noch nicht als Prediger angenommen wird. Werdet Ihr ihn aber als Prediger annehmen, so sollt Ihr wissen, dass seine Weisheit aus der Ewigkeit stammt«.

»Ja«, ruft der Weißhaarige. Er ufert regelrecht aus. »Du bist hier unter uns, Jesus Christus und möge dein Wort uns gelten und uns weiterhelfen bei der Erlangung des Friedens und der Freude. Also sprich Christus. Was sollen wir tun um Seligkeit zu erlangen«?

Markus fühlt sich sichtlich angesprochen, streckt die Brust hervor und sagt: »Wer mir nachfolgt, wer also mich zum Vorbild hat und tut was auch ich tue, der wird die Seligkeit erlangen, meine Lieben. Ich aber bin demütig und freundlich und Freude komme über mich mit eurer Hilfe, denn noch immer steckt das Leid praktisch in mir und ich kann es nur mit eurer Hilfe besiegen, also packen wir es an. Gebt mir weiterhin Freude, die ich in der letzten Zeit verloren hatte«.

Markus spricht in diesen Sekunden ganz frei heraus, und ein mancher in der Gemeinde findet jetzt zu ihm, erlangt die Kenntnis, dass dieser Markus tatsächlich als Jesus auftritt. Und wer es glaubt, der versteht, dass Markus wirklich der gekreuzigte und auferstandene Herr ist und viele dieser die an ihn glauben, haben ein Lächeln auf den Lippen und ein Hosianna auf der Zunge. Der schüchterne Markus möge doch bald zum großen Herrn werden, der er einst war und zu dem er zurückfinden muss. Denn nur ein starker Herr kann seine Herde führen, nur ein selbstbewusster Herr kann mit Recht Worte der Kraft, Zurechtweisung und Weisheit für seine Herde finden. Und nur ein liebender Herr – und das möge er mit meiner Hilfe heute erlangen – sieht wie gut seine Gemeinde ist und die Leute die darin ein Zuhause gefunden haben.

Ich erhebe mich mutig und selbstbewusst, und trete voran in Richtung Pult. Nehme die Stufen und schiebe ganz sanft den Weißhaarigen und auch Markus zur Seite, um meinerseits ein Wort an die Gemeinde zu richten.

Zuvor aber streiche ich über die Reliquie und küsse sie mit meinen Lippen, meine dann, Jesus sei eine solche Reliquie und heilig sei er, heilig.

»Liebe fürsorgliche und schöne Gemeinde«, spreche ich weiter. »Ich möchte unserem Herrn seine Freude zurückbringen, doch dazu bitte ich auch euch, ihm die Ehre zu erweisen und mir auszuhelfen. Beteiligt euch an der Wiedergewinnung Jesu

Freude, beteiligt euch an der Wiedergewinnung Jesu Lächelns und helft ihm heraus, wenn er doch Minuten und Stunden des Leids hat. Seht nur wie er jetzt leidet und gebt ihm ein Lächeln und aufbauende Worte, damit er uns Freude und Frieden zurückgeben kann«.

Der Weißhaarige schiebt sich zwischen Markus und mir hindurch und spricht mutig ins Mikrophon.

»Dieser Mann hat recht, meine Lieben. Wir müssen Jesus helfen wie er uns geholfen hat. Er hat uns versichert, dass wir alle ewig leben dürfen. Jetzt ist es an uns ihn zu erkennen. Zu wenige erkennen ihn, hier bei uns. Seht hin, da steht er und bittet um Gnade vor Gott, der möge ihm Freude bringen«.

Zwei, drei Mitglieder erheben sich und klatschen in die Hände, als aber der Weißhaarige sieht, dass es nur so wenige sind, die Jesus hier und heute erkennen, da nimmt er seine Bibel vom Rednerpult und geht zu seinem Platz in der ersten Reihe zurück. Peter, der Älteste reicht dem Weißhaarigen die Hand und flüstert ihm zu: »Gut gemacht. Er ist tatsächlich hier und er steht an der Kanzel und fordert unsere Hilfe«. Dann richtet Peter das Wort mit kräftiger, lauter Stimme an die Gemeinde.

»Seht nur, er steht tatsächlich hier und bittet uns ihm zu helfen. Worauf warten wir noch? Lasst uns Freude in seine Seele schreiben«.

Weitere Mitglieder erheben sich und klatschen in die Hände. Jetzt sind es gar zwei Dutzend solcher die Jesus erkennen, die die Worte von Peter zu Herzen nehmen, und die Zeichen in den Worten spüren. Markus legt seinen Arm um meine Hüften und streckt seinen anderen Arm in die Höhe.
»Hört her«, sagt er. »Wer mich erkennt, der tut gut daran, und er möge Ehre bei sich selbst finden, denn diesen gebe ich reichlich Ehre«.

Einige Mitglieder kommen den Gang hinauf und positionieren sich vor der Kanzel, denen folgen weitere Dutzende Mitglieder. Alle wollen sie den Heiland von Nahem sehen. Zwei Frauen treten auf die erste Stufe und knien sich nieder. Eine von ihnen sagt: »Heiland. Sei fröhlich immerdar, auf dass die Gemeinde immer fröhlich ist«.
Die zweite Frau befähigt sich auch etwas zu sagen.
»Lieber Heiland. Du bist zu uns gekommen, und schon wieder wie ein Lamm. Wir aber machen dich zum König über uns. Sei getrost. Auch wenn wir dich zuerst nicht erkannt haben, so hat Gott

dich und unsere Herzen dahin geleitet, dass wir dich heute zu dieser Stunde erkennen können««.

Viele der Gemeindemitglieder haben jetzt wohl verstanden was die Situation hier hergibt. Der Heiland ist unter ihnen, in dieser Gemeinde, in keiner anderen, nur in dieser. Und ihm gefällt offensichtlich was er sieht, dennoch muss er seine Scheu und sein Leid hinter sich lassen, und das nicht zu spät. Denn manche könnten sich wieder von ihm abwenden, dann, wenn sie seinen Handlungen und Worten nicht beipflichten mögen. Markus muss sich anstrengen, muss die Weisheit der Ewigkeit, die sicherlich in ihm drinsteckt, hervorholen. Diese ist es mit der er punkten kann und ich bin mir sicher, dass er von nun an auftauen wird.

Markus hat seine Eltern und andere Verwandte, ganz wie ein normaler Mensch, doch seine Klugheit war schon immer in der Verwandtschaft erkannt und geehrt worden. Diese Verwandtschaft muss mithelfen, muss ihn weiter ehren, ihm Selbstbewusstsein geben, damit er zum wahren Jesus würde, der, der er immer war und der, der er immer sein wird. Nur muss er diese Ewigkeit hervorholen, aus der Nische seiner Seele herbeizaubern.

Ich freue mich, dass beinahe alle hier im Saal ihn erkennen und ihn ehren. Auf so etwas hat er immer schon gewartet, obgleich er bislang stets am Eingang der Gemeinde stand und viele begrüßt hatte, in dem Wissen, dass er ihr Hirte ist. Und einige haben das schon immer erkannt, jetzt aber tun es sehr viele.

Ich sehe mit meinen guten, phantasievollen Augen zwei Engel um Markus herumschweben. Der eine links, der andere rechts. Und beide Engel haben ihr schönstes Kleid angezogen, und das beste Lächeln aufgesetzt. Ich begrüße in Gedanken diese Engel. Sie grüßen zurück. Jetzt begrüßt auch Markus diese neuen Weggefährten und segnet sie mit offenen Händen und einem Segensspruch, der aber von der Lautstärke in der Menge untergeht.

»Hört her«, brüllt er dann sanft in den Saal hinein.

»Die Engel sind unter uns und sie haben Wohlgefallen an mir und an dieser Gemeinde. Also tut Gutes und seid eine solche schöne, liebreiche Gemeinde. Schenkt euch Wonne und Liebe untereinander. Kein böses Wort mehr, keine Arglist, kein Neid und keine verwirrenden Gedanken. Seid rein von nun an. Ich gebe euch nicht wie die Welt gibt, aber ich gebe euch geistig an Reichtümern die ihr bislang nie gesehen habt«.

Jetzt bin ich aber erstaunt. Möchte Markus der Gemeinde wirklich Psychosen, Wahnsinn aber auch Wahrheit und Himmel beibringen? Ich wäre nicht abgeneigt, schließlich weiß ich, wie schön dies sein kann. Wie schön die Wahrheit und die andere Welt (die der Engel und die Gottes) ist und so pflichte ich ihm mit zarter Stimme bei, dass er recht habe so etwas zu sagen und dass es jetzt an der Zeit sei, sich den Mitgliedern offenkundig und direkt als Jesus mitzuteilen. Er weiß wohl, dass viele es wissen, und doch will er es nun direkt – wie von mir gefordert – aussprechen. Die Worte, er sei Jesus, ausposaunen. So viel Leid und jetzt doch das Paradies?

Die letzten Jahre von Jesus sind hart gewesen, er hat sich ab und an zu erkennen gegeben, weil er immer an seine Meisterschaft geglaubt hat. Und doch wollten die meisten seinen Worten keinen Glauben schenken. Heute aber sehen die Mitglieder der Gemeinde die Wahrheit offenkundig und echt. Jesus ist echt, das spüren sie hier und so ist es kein Wunder, dass manche zu ihm aufsteigen um ihm die Hand zu reichen. Er gibt allen die die Stufen emporkommen die Hand und lächelt sie sanft an. Er lächelt aber auch in sich hinein, weil er endlich erkannt worden ist, ganz deutlich erkannt.

Dann begibt sich Jesus zur Reliquie, nimmt sie in die Hände und meint: »Dies ist ein Zeichen Gottes. Die Reliquie Jesu und Jesus selbst als Reliquie. Glaubt diesem Zeichen und schickt euch an, Gutes zu beten, zu sagen und zu denken. Alles andere ist jetzt zweitrangig und hat in diesem Moment keine Bedeutung««.

Da meldet sich Josef, ein großer dunkelhäutiger und furchteinflößender Zeitgenosse.

»Dass alles andere keine Bedeutung hat verstehe ich nicht, lieber Jesus. Was ist mit der Hausordnung und den Ordnungen und Weisungen in dieser Gemeinde? Wir müssen das einhalten, müssen tun was wir uns als Gebote auferlegt haben. Gott zu dienen und unser Hab und Gut herzugeben sind wohl große Weisungen, die wir befolgen sollten. Auf die Knie sollten wir jetzt fallen, da Gott uns Jesus geschenkt hat, aber Ehre sei Gott in der Höhe und keinem Menschen, und da Jesus als Mensch hier auftritt, ist er nicht besser als ihr und ich. So lasst uns nun beten und gehorsam sein««.

»Wartet«, sagt Jesus in das Mikrophon.
»Deine Worte sind wie eine scharfe Zunge. Wo bleibt deine Barmherzigkeit? Habe ich vor

zweitausend Jahren nicht gesagt Ihr sollt nur ein Gebot halten, das da ist: ›Liebe Gott von ganzem Herzen, von ganzem Gemüt und mit aller Kraft, und liebe deinen Nächsten wie dich selbst‹ Also was sagst du Josef? Du hast schon manches Mal hier aufgetrumpft, aber nicht mit Güte und Gnade, sondern mit der Peitsche und dem Schwert. Sollen deine Tage so weitergehen, oder willst du von nun an eine gewisse Demut an den Tag legen? Entscheide welchen Weg du gehst und sei getrost, dass wir zu dir halten, wenn denn Tränen an dir herabkullern‹‹.

Josef gibt sich kämpferisch aber gelassen, setzt sich auf die erste Bank und streicht sich mit der Hand über den Mund.

Er sagt: ››Tränen brauche ich keine. Ihr alle solltet Buße tun, heute und an jedem weiteren Tag. Dafür, dass Ihr mich hier so verachtet. Der größte Narr ist hier unser Jesus, der sich zuvor niemals als Christus ausgegeben hat. Wo bleiben seine Kraft und sein Mut? Hat er nicht in den letzten Monaten nur gelitten unter einer psychischen Krankheit? Hat er sich nicht klein gemacht, wo wir doch einen starken Führer gebrauchen können in dieser schweren Zeit? Ich stelle mich nun zur Wahl. Wählt mich sogleich zum Ältesten und ich werde alle Gebote der Bibel hier durchsetzen und wir werden froh und glücklich sein die

Gebote zu halten und Gott wird noch mehr an unserer Seite sein. Denn wo war Gott in den letzten Monaten, wenn es um Jesus ging? Weil wir die Gebote nicht gehalten haben, so musste Jesus dieser Tage leiden. Ihr wisst selbst wie er hier Woche für Woche elendig aufgetreten ist««.

Jesus stellt sich vor Josef auf und umarmt ihn zärtlich und liebevoll. Josef muss jetzt handeln, er muss jetzt diese Liebkosung an Jesus zurückgeben, denn sonst hielte die Gemeinde wegen seiner Härte nicht zu ihm. Da er aber gewählt werden will, so drückt er Jesus ganz fest und beide spüren die Wärme ihrer Körper, wie das Blut eines Stieres.

Josef ist ein solcher Stier und Jesus macht sich von nun an daran, ebenso stark aber auch gefühlvoll zu sein. Der großgewachsene Josef, der stets im Anzug auftaucht, lässt Jesus los und geht zur Kanzel hinauf. Seine Schritte sind schwer und sein Gesichtsausdruck lässt Zweifel aufkommen. Die Gemeinde schaut ihm hinterher und wartet darauf, was Josef nun ins Mikrophon sagen würde.

Alle wissen um sein Engagement und manchen gefällt sein Stil auch regelrecht. Als ich sehe, dass Jesus nichts dagegen ausrichtet, gehe ich dem Josef hinterher und warte darauf, den Moment für ein Eingreifen zu nutzen und diesem Grobian das Handwerk zu legen.

»Hochgeachtete Gemeinde. Seht ihn euch an. Das steht er, schon wieder wie ein Lamm«. In diesem Moment ist dem Jesus eine Schwachheit anzusehen, was Josef gleich ausnutzen möchte. Die Mitglieder schauen sich Jesus an, dann Josef, und es gibt tatsächlich einige, die zu Josef hinauflaufen und sich an seine Seite stellen. Es sind solche Leute, die Schwachheit nicht ausstehen können und darunter befindet sich auch die bislang so von mir geschätzte Viviane.

Ich schaue Viviane mit durchdringenden Augen an, bemerke aber, dass diese Handlung böse ist und, lasse es dann auch sein. Als Viviane die Hand um Josef legt, halte ich mich am Kopf und schüttele diesen mehrmals. Josef umarmt jetzt auch seinerseits Viviane, der ein Lächeln gutsteht.

Ich möchte hier nicht der Spielverderber sein, und da auch Jesus sich nun zurückhält, so tue ich das auch und lasse Josef sprechen.

Er fuchtelt mit den Armen und hat eine laute Stimme aufgelegt, die zu allen Mitgliedern dringt. »Mein erstes Gebot ist«, sagt er. »Ehrt mich, denn ich war vor Jesus. Zweites Gebot: Ehrt Gott und bringt ihm Opfergaben, wie diese Reliquie hier«. Er zeigt auf die Reliquie und ist putzmunter als er das Gold darauf erkennt. »Drittes

Gebot: Seid hart wie Stein, denn denen gehört das Himmelreich, jenen, die den Himmel beschützen und seine Werte vertreten und beschützen können«.

Jetzt muss ich doch etwas einwenden. Der hochgewachsene Josef ist wohl nicht mehr Herr seiner Sinne. Was glaubt er wer er ist? Und wieso bezeichnet er sich als älter denn Jesus? Josef hat seine Frau früh verloren. Ihr Herz hatte ausgesetzt und er konnte es nicht mehr zum schlagen bringen. Seitdem ist er hartherzig, und mir scheint, als habe er eine übersteigerte Fantasie, wägt er sich doch als einer der ersten inmitten aller Kreaturen.

Jesus ist, nach Gott, die erste Kreatur auf der Welt. Das sagt die Bibel ganz deutlich, im Neuen Testament unter dem Buch Johannes. Dieser Josef aber schreibt hier wohl alles um, sodass er Ehre für sich findet und seine Hartnäckigkeit unter der Gemeinde mit Geboten durchsetzt. Die Gebote sind es die ihn so glücklich machen. Was sagt sein Herz? Schlägt es überhaupt noch? Oder ist es ganz dunkel in seiner Seele?

Er schnappt sich die Reliquie und geht sodann wieder behändig die Stufen damit hinunter. Ich folge ihm flugs und zerre von hinten an seinem Jackett um ihn zum Stehen zu bewegen, doch er lässt sich nicht stoppen und meint, ihm gehöre jetzt die Reliquie, er habe sie sich verdient, nach all den Weisungen die er der Gemeinde geschenkt hat.

»Die Weisungen sind Mist«, sage ich und umklammere ihn jetzt von hinten, sodass er keinen Schritt mehr tun kann. Jesus eilt mir schnell zur Hilfe, führt seine Hand an Josefs Stirn und segnet ihn mit den Worten: »Gesegnet seist du, Josef. Auch wenn du immer Widerworte an uns richtest, so glaube ich doch, dass dein Herz dir schwer geworden ist. Schließlich hast du dich bekehrt und der Verlust deiner Frau hat dich auch mitgenommen, nicht wahr? Wenn du auch harte Worte mit uns sprichst...so sei jetzt rein mit Wort und Handlung, deine schönen Gedanken mögen reichlich sein und überdenke dein bisheriges Tun, mein teurer Freund«.

Josef umarmt nun Jesus und gibt ihm einen brüderlichen Kuss auf die Lippen, was Jesus schon von den Brüdern hier kennt. So lässt er dies geschehen und drückt Josef fest die Hand. Als er dann einen Schritt zurückgeht, schlendert Josef an ihm vorbei und setzt sich auf die Bank, die dritte Reihe, dorthin, wo sein angestammter Platz ist.

Er verstummt innerlich und äußerlich, senkt seinen Kopf und geht dann auf die Knie. Als er ein stilles Gebet hält, bin ich mir nicht sicher, doch ich lächle Jesus verkrampft an, mit der Gewissheit wenigstens ihn dazugewonnen zu haben. Auch Jesus scheint Zweifel zu hegen, schließlich kennt er Josef besser als ich es tue, und so setzt er sich neben Josef und legt seine große Hand auf dessen linkes starres Bein. Josef ist erstaunt, hegt er ja den Gedanken größer als Jesus zu sein. Wägt er sich in Sicherheit er sei stärker als Christus? Die Hand Jesu zeigt Josef, dass Christus auf seiner Seite steht und damit muss Josef umgehen. Er legt jetzt seine Hand auf die von Jesus und lächelt diesen geflissentlich an. »Mein Jesus, der du teuer erkauft bist mit der Kreuzigung. Sei mein Diener. Du sagst doch selbst, dass wir alle, Gott dienen mögen«.

Jesus schmunzelt und lacht Josef an, sagt dann: »Du siehst dich als den Allerhöchsten? Du glaubst Gott zu sein? Verstehe mich richtig, es gibt Leute die so was von sich glauben. Diese sind aber krank, denn wie kannst *du* Gott sein, wenn Gott kein Mensch, sondern ein Geist im Himmel ist«?

Josef rutscht auf dem Po hin und her und grinst Jesus verspannt an. »Mein lieber Jesus. Wie kannst dann du sicher sein, dass du Jesus Christus bist? Es gibt nur diesen einen und du glaubst der eine unter Milliarden zu sein? Ich habe meine

Zeichen gespürt, bei dir aber sollen wir uns auf dein hartes Wort verlassen«.

Josef siehts sich als Heiligen und dazu gehört natürlich – seiner Meinung nach –, dass er diese unsere goldene Reliquie für sich behält. Er mag Zeichen gespürt haben, die ihn zu Gott und zum Größten auf der Welt machen, aber es könnte natürlich auch das Böse sein, dass ihm hier einen verwundbaren Streich spielt. Schließlich besteht sein Tag ausschließlich aus Gebeten und aus dem Studium der Bibel. Er kennt jedes alttestamentliche Gesetz, erhebt sich über das Gesetz und fordert von allen Mitgliedern seine eigenen Gebote zu halten und ihm die Ehre zu erweisen.

Jesus erhebt sich und ruft in den Saal hinein. Alle hören gut hin, nur diejenigen die Josef anhängen überhören, in Gedanken gefangen, seine Rede.

»Meine Lieben. Das Leiden Christi ist von nun an vorbei. Glaubt meinem Wort, glaubt, dass ich Jesus bin, denn ich habe in den letzten Monaten Wunder und Zeichen dafür beobachtet und diese schenken mir die Gewissheit Christus zu sein. Wer aber Josef anhängen will, der möge sich um ihn scharren und ihn anbeten. Ihr werdet euren Lohn erhalten. Dennoch sehe ich in vielen Gesichtern hier, dass die Mehrheit mir anhängt, so seid nicht betrübt, sondern seid froh darüber, dass Jesus in eure Gemeinde eingekehrt ist«.

Jesus schaut auf die Reliquie und zeigt darauf, sagt dann:

»Seht her. Die Reliquie ist nun hier, sie ist in dieser Gemeinde gelandet. Vergleicht mich mit ihr, golden und schön, aber auch demütig. Wer diese Reliquie in der Gemeinde aufnimmt, der nimmt auch mich auf in eurer Gemeinde. Die Reliquie und ich sind miteinander verbunden, und Josef sollte sie der Gemeinde zurückgeben. Also Josef, überreiche dem Ältesten Peter diese Reliquie. Sie dient zum Zeichen dafür, dass Christus hier unter euch ist«.

Peter tritt in den Gang und geht zur dritten Reihe zurück, öffnet seine Arme und meint, der gute Josef möge sie ihm nun überreichen. Als Josef ganz ruhig so dasitzt, überkommt ihn ein furchtbares Gefühl. Ich verstehe was er hat: Ich sehe drei Geister in schwarzen Kleidern um ihn herumschwirren und Schweiß rinnt Josef das Gesicht herab. Die Geister sind so richtig angespannt und auch zielbewusst. Einer der dreien fährt in Josef hinein, dieser erschrickt kurzerhand und sein Gesicht verzieht sich zu einer teuflischen Fratze. Er greift sich an sein Herz und murmelt etwas vor sich hin. »Jetzt hat er das bekommen was ihm gutsteht«, brüllt eine Stimme aus dem Saal. Diese Geister sind nicht zufällig hier und mich wundert es eh, weshalb Josef nicht schon die ganze Zeit über böse Geister in sich hat. Ich möchte nicht sagen, dass er es verdient hat, nein, keiner hat quälende Geister auf seiner Seele verdient. Und könnte ich jetzt etwas dagegen ausrichten, so würde ich es tun. Aber meine Kräfte sind begrenzt, gleich drei Geister in die Flucht zu schlagen obliegt selbst mir nicht. Jesus aber könnte es, wenn er wollte. So glaube ich.

Als ich Jesus dringlich ansehe, bemerkt er endlich die Geister um Josef herum und in diesem. So spricht er einige Sätze und wiederholt diese mehrmals. Die Sätze lauten wie folgt:

»Geister verschwindet aus dem Körper dieses Mannes. Jesus ist es der euch hier warnt. Tretet aus seinem Körper. Sofort«!

Dazu macht er eine wegkehrende, geschmeidige und doch zielführende Handbewegung, was Josef schon mal erleichtert. Auch wenn die Geister noch um ihn herum sind, so ist der eine aber aus ihm herausgefahren. Es geschieht also, wie Jesus es will und das macht mir Mut für meine eigenen Gaben. Christus hat die Macht über Geister zu befehligen, sollte ich dies nicht zumindest mal für mich ausprobieren? Die Gelegenheit ist da und so spreche ich laut zu den drei Geistern:

»Ihr schrecklichen Geister. Ich vertreibe euch hiermit mit der Macht Jesu aus diesem Saal. Macht euch ran hinwegzufliegen, dorthin woher ihr eben gekommen seid. Eure Boshaftigkeit ist schauderhaft, so begebt euch in eure furchtbare Hö...auch wenn mein Herz euch mag««.

Als ich mich siegessicher wähne, da sehe ich die Geister davonschweben, wie Vogelfedern die man in die Luft bläst. Ganz leicht scheinen sie zu schweben und ich frage mich ob sie wirklich böse sind. Ein Licht ummantelt die drei Geister, die ich nun als helle, weiße Seelen sehe. Nicht mehr böse, sondern verwandelt durch meinen Spruch. Sie scheinen rein zu sein, eine Reinheit wie wir sie hier in der Gemeinde unter den Mitgliedern so gerne sehen möchten. Eine Reinheit die ich mir nach der Bekehrung stets im Gebet für mich herbeiwünsche. Dabei spüre ich wie eine Wärme und eine Klarheit in mir hochkommt und ich bin dabei jedes Mal froh rein und stark zu sein. Hätte ich diese Kraft und Reinheit nicht, so wäre mein Spruch eben anders ausgefallen und die Geister wären nicht davongeschwebt. Aber sie sind es durch meinen Spruch und durch meinen Willen. Wenn Jesus und ich sie ausfahren lassen und sie rein machen können, dann sind wir beide wohl ein unschlagbares Team, eines, das alles erreichen kann, was gut und dienlich ist.

Peter nimmt die Reliquie an sich und streichelt zwei Mal drüber, als hätte er Aladin darin und als möchte er gerne drei Wünsche für die Gemeinde einheimsen. »Jetzt gehen wir zum Mittagessen«, sagt er und zeigt dabei in die Richtung in der der Speisesaal der Gemeinde liegt. »Den Gottesdienst werden wir danach weiterführen, jetzt ist die Zeit vergangen, die Umstände wollen es so. Die Brüder werden später weiterpredigen«.

4. KAPITEL

Verrückte Welt.

Miriam tänzelt auf den Nerven unserer Mutter herum. Sie hat bemerkt, dass ich zum Essen nicht anwesend bin und so sagt sie: »Dein lieber, lieber Sohn ist nicht da«. Mutter Mathilde aber bleibt gelassen, etwas, dass sie von Grund auf gelernt hat. Wer austickt hat schon verloren und sie ist ein Gewinnertyp, schließlich hat sie einen tollen Mann und drei intelligente Kinder.

»Dann essen wir eben ohne ihn zu Mittag« spricht sie angenehm. »Obwohl wir sonntags immer zusammen sind. Das ist diese Gemeinde, sie hat es ihm angetan. Ich spüre es deutlich, er hat Gefallen dort gefunden, und vielleicht hat er sich auch ein Mädchen angelächelt, auch wenn ich mit tiefreligiösen Einrichtungen nicht einverstanden bin. Wer sein Leben Gott verschreibt, der verliert es, der lebt gar nicht mehr richtig. Ich habe solche Leute schon gesehen. Sie sind nur im Gebet und im Gottesdienst und ihre Gedanken drehen sich nur um die Religion. Mein Gott, dürfen wir nicht ein bisschen Spaß im Leben erwarten? Müssen wir fromm sein wie Lämmer«?

Simon und Vater Claude sehen sich an und haben wohl den gleichen Gedanken. Dabei geht es um mich und darum, dass ich ohnehin der Welt nicht abgeneigt wäre. Claude sagt: »Unser Jules hat das schöne Leben noch immer geschätzt, mache dir da mal keine Sorgen, Mathilde. Er ist ja nicht auf den Kopf gefallen, als dass er sich von einer Sekte das Leben diktieren ließe«.

Simon fügt hinzu: »Er liebt zwar die parallele Welt, aber die trockene Religion, ganz ohne Fantasie und Sensation, das mag er nicht. Allerdings: wo er hinkommt, da geht die Sensation mit ihm, und so könnte es durchaus so sein, dass er auch in dieser Kirche Wunder und Zeichen sieht«.

Claude: »Ich denke wir wissen alle wo er sich jetzt gerade aufhält und ich finde das auch nicht schlimm. Er ist alt genug um eigene Entscheidungen zu treffen«.

Claude ist sich sicher mich gut genug zu kennen. Seit zwei Jahren bin ich starker als zuvor, seit den Anfängen meiner Gaben habe ich mich verändert und bin schließlich ein gestandener Mann geworden, was Vater Claude mit Bestimmtheit weiß. Er schreibt gerade an einem Buch über mich, allerdings ist die Geschichte ausgedacht, und doch trifft er bisher darin meinen Charakter ganz gut. Wo er zuvor literarische Bücher schrieb, die etwas kalt waren, ist nun eine warme, kräftige

Sprache in seinen Stücken. Ich liebe es als erster seine Manuskripte ansehen und durchlesen zu dürfen. Ich sehe mich als sein Lieblingskind, jetzt mehr denn je, da ich vernünftig bin. Meine Zweigespaltenheit von früher, wo ich unter Leuten schüchtern, zu Hause aber stark und selbstbewusst auftrat, sind vergangen. Ich habe mich in der Familie gemäßigt und bin in der Gesellschaft so richtig in Plauderlaune. Das grausame Haus von vor zwei Jahren und die Liebesgeschichte mit der Parapsychologin haben mich stark verändert. Sensation in meinem Leben - aber mit Vernunft - steht jetzt auf meiner Stirn geschrieben.

Vater Claude setzt sich an seinen Schreibtisch, holt aus der Schublade rechts unten einen Schreibblock hervor, greift nach seinem teuren aber geschenktem Kugelschreiber und macht sich Notizen.

Simon sieht das und kommt ins Büro unseres Vaters, umgreift dessen Körper von hinten mit seinen langen Armen und legt seinen Kopf auf Claudes Rücken nieder. Claude fühlt sich geliebt und grinst über Simons schmeichelhaftes Verhalten, schreibt weiter an seinen Notizen, hat aber die zärtliche Umarmung von Simon noch im Gefühl. Mathilde kommt herbei und legt ihre rechte Hand auf Simons Rücken. Er ist *ihr* Lieblingskind. Miriam runzelt nur noch die Stirn über so viel

Sentimentalitäten in dieser Familie. Sie schaltet den Fernseher ein und zappt wie eine Irre darin herum, bis sie bei den Nachrichten angelangt ist und dann dabeibleibt. Katastrophen, Kinderschänder und weitere Themen erwecken ihre Aufmerksamkeit, *wie die Welt nur so verdorben ist. Da kann man keinen Schritt vor die Haustüre wagen. Aber ich bin ein großes Mädchen.*

Als Simon den eingeschalteten Fernseher bemerkt, löst er sich augenblicklich von der Umarmung und trabt zu unserer Schwester Miriam hinüber. Gerade wird über einen Mann um die vierzig berichtet, der ein kleines Mädchen von zehn Jahren vergewaltigt und dann ermordet hat. Die Leiche wurde im Moor gefunden, eine Hundertschaft von Polizeibeamten hat sie dort entdeckt.

Mathilde dreht sich zu ihren Kindern um, und hat ein böses Gesicht aufgesetzt. »Kinder. Schaut euch bitte keine solche Grausamkeiten an. Die Welt ist schlecht genug, wir aber machen sie uns schön, nicht wahr«?

Claude meint, ja, in dieser Familie sei alles wunderbar. Wir wären keinen Gefahren ausgesetzt und die Leute gingen auch gut mit uns um, weil wir gute Leute sind. Weiter meint er, das mit mir sei eben ein Schicksalsschlag, den wir alle hinnehmen müssen. Meine Gaben wären einfach nur ein

Beitrag zur Normalisierung in dieser Welt, und wir könnten uns nicht jeder Grausamkeit entziehen. Dass diese Familie jetzt mit Geistern und Engeln zu tun habe, wäre eben unserer Intelligenz zuzuschreiben und wir sollten uns jetzt dem nicht entziehen, denn es sei auch eine Gelegenheit, Langeweile und Unzufriedenheit vorzubeugen, die eben intelligenten Leuten schon mal anheim kommen könne.

»Du glaubst also, dass wir es hinnehmen müssen, schwierige Zeiten mit Jules zu verbringen«? fragt Mathilde. »Die ganze Familie muss hier leiden, wir haben es mit Jules nicht einfach, Claude«.

Er antwortet: »Also ich habe keinerlei Schwierigkeiten mit Jules. Ich habe ihn schon immer so genommen wie er ist und fahre gut damit. Dass er ab und zu Geister sieht ist nur halb so schlimm, und die Sache mit seinen starren Augen hat sich Gott sei Dank seit ein paar Wochen wieder verflüchtigt«.

»Ja«, sagt Simon. »Er hat so gelitten unter seinen starrenden Augen. Jetzt sieht er wieder ganz normal, und fühlt sich auch dadurch besser. Wir sollten den Parapsychologen danken, wenn sie es waren, die ihn wieder in die Spur gebracht haben«.

Die Familie sitzt so da, im Wohnzimmer auf der Couch, und man plappert darauf los. Dabei ist Miriam die größte Plaudertasche, das war sie schon immer. Dass ich nicht zugegen bin, macht meine Familie sichtlich nervös, schließlich bin ich ein Teenager und als ein solcher kann man schon Mal von zu Hause ausbrechen und davonlaufen. Miriam und Simon, meine Geschwister, kämen nie auf diese Idee, die mir zugegebener Weise schon mal im Kopf herumgeschwirrt ist. Ich bin trotzdem dankbar, eine gute Familie zu haben, mein Verhältnis zu Claude ist ausgezeichnet und mit Simon verstehe ich mich auch gut. Wir beratschlagen uns schon mal gegenseitig bei auftauchenden Fragen und Problemen. Nur Mathilde und Miriam sind mir noch ein wenig fremd. Sie scheinen abseits von mir zu stehen, gehen nicht auf mich ein, sind eben weit entfernt davon, das mit mir zu haben, was ich mit Claude habe.

»Ich habe ja gesagt wir sollten dem Jungen ein Smartphone kaufen«, sagt Claude und fühlt sich angespannt. »Simon und Miriam haben doch auch ihre Smartphones. Warum nur lassen wir ihn mit solch einer Diagnose alleine in der Stadt herumlaufen? Es könnte sonst was passieren. Seine Vorstellungen von der Welt können sich jederzeit verschieben, seine Realität eine andere werden,

als die unsere. Also, ich denke wir sollten ihn su-
chen gehen«.

Miriam: »Wir müssen eigentlich nur die Kirchen-
gemeinde ausfindig machen, dann haben wir ihn.
Simon, schlage bitte in den Gelben Seiten nach.
Den holen wir uns, den holen wir da heraus«.

Mein Bruder Simon tut dies wie geheißen und erkennt drei mögliche Gemeinden. Doch eine jede
davon käme hier in Frage. Er greift nach Papier
und Stift und schreibt sich die aufgezeichneten
Adressen auf. Sie würden nun mit unserem Volkswagen diese Adressen mit Hilfe des Navigations-
gerätes abklappern, um mich in Sicherheit zu
bringen.

Dabei ist Claude die treibende Kraft. Er ist der
erste der sich in den Wagen setzt, dann startet er
den Motor und bittet die anderen die Gurte anzu-
schließen.

TEIL 2

GEMEINSCHAFT

6. KAPITEL

Hippies auf der Wiese

Unweit der Gemeinde, auf einer langläufigen Wiese der Innenstadt von Hennochheim, hat sich eine Gruppe von etwa fünfzig jungen Leuten versammelt. Einer der fünfzig – mit Namen Jonas, der das Alter von sechzehn Jahren überschritten hat – stimmt eine Rede an, hebt dabei seinen ovalen Kopf und legt eine tiefe Stimme in seine anschaulichen Worte:

»Meine Lieben. Wir sind mit mehreren Fahrzeugen hierher gelangt, der Weg von Summtal, bis hierher nach Hennochheim, war steinig aber wunderschön. Wir haben uns unterhalten und gesungen, wir haben Gemeinschaft in diesem Moment und werden nachher auch in einer Gemeinde dieser Stadt Gemeinschaft haben. Seht nur hinauf zum Himmel, von da sind wir gekommen und dahin werden wir einst gehen«.

Jonas hat sich weit aus dem Fenster gelehnt. Mit der Aussage, er sei vom Himmel gekommen zeigt er, dass er sich für besonders und führungsstark hält, weil er schon zuvor ein Leben haben durfte. Ein Leben als Engel im Himmel, zusammen mit anderen Engeln. Und doch spricht keiner gegen ihn an, alle anwesenden Jugendlichen haben Wohlgefallen an Jonas und an seinen plumpen aber großen Worten. Alle lächeln, auch die mit ihm näher befreundete Manu. Sie erhebt sich und tritt in die Mitte, berührt Jonas an einer Hand und hebt zur Rede an:

»*Meine* Lieben. Sicher wissen wir nicht ob wir direkt aus dem Himmel gekommen sind, aber wir können es fühlen und erfahren. Gott zeigt dem einen oder anderen, wer er war und wo er gewesen ist. Ich selbst war im früheren Leben eine Magd, die Wäsche gewaschen hat, immerzu Wäsche wusch. Dieser Fleiß hat aus mir die gemacht, die ich heute bin«.

Diese Rede von Manu hat es in sich. Sie weiß mit aller Macht, wer sie gewesen war und dass sie in dieser Reinkarnation in eine Familie gekommen ist, die gut zu ihr ist und sie wohlbehütet und mit viel Liebe versehen hat. Sie hat also das Schuften gelernt und viel Liebe bekommen. Was kann sie sich noch mehr wünschen? Hat sie gar alles, was nötig ist für ein tolles Leben? Ist sie glücklich geworden in dieser furchtbaren Zeit?

»Manu. Wir alle wissen um deine Weisheit und so kann ich dir nur beipflichten«, sagt Jonas.

»Du hast recht, wenn du sagst, dass wir alle fühlen und erfahren müssen, was die Wahrheit früher und heute noch ist. Jesus selbst verkündete die

Wahrheit. Doch wir sind nur seine Nachkömmlinge und weniger wert als der Meister selbst. Wir müssen uns damit begnügen, dass wir Sünder sind und die Wahrheit weit von uns entfernt ist. Unsere Seelen sind nicht dazu ausgerichtet die ganze Wahrheit zu sehen, wie sie Jesus sieht. Wir müssen damit vorlieb nehmen unser Leben danach zu gestalten was Anstand und Sitte ist«.

»Doch was sind Anstand und Sitte«? fügt nun Manu an die Gruppe gerichtet an.

»Wir mögen unseren Nächsten nicht anklagen oder verärgern. Sagen wir ihm also die Wahrheit ins Gesicht? Oder halten wir uns zurück? Wir sind aber stark darin, hinter den Rücken zu lästern und uns so Luft und Erleichterung zu verschaffen. Wir sind eben nur Menschen. Was aber würde Jesus heute sagen? Wer sind wir, und tun wir es gar richtig in der heutigen Zeit«?

Manu und Jonas sind erst seit einem Jahr ein Paar, verstehen sich aber schon länger sehr gut. Ihre Eltern hatten einer Vereinigung der beiden abgesagt, weil sie noch zu jung waren. Als dann beide fünfzehn wurden, war es dann soweit und sie konnten offen Händchenhalten und Küsschen verteilen. Manu ist hier die treibende Kraft, sie mag Jonas und ist stets die erste die ihn küsst, bevor er ihr einen solchen verpassen kann. Jonas aber ist wiederum forsch und versucht immer wieder sich

an sie ranzumachen, um mehr zu fordern, etwas
das mit sechzehn Jahren dann doch schon früh erscheint: eine körperliche Vereinigung der beiden,
eine sexuelle grobe Ausführung von Jonas und
eine gefühlvolle von der lieben Manu.

»»Also was tun wir, Ihr Lieben«»? fragt Manu.
»»Was wir jetzt tun ist: Lieben wir unseren Nächsten und verschonen ihn mit der Wahrheit! Oder
sind wir Jesus gleich und lehnen uns auf? Wer
Ohren hat der höre: Wer Vater und Mutter nicht
verlässt, der ist meiner nicht wert. Ich, Manuela,
aber sage euch: Ich liebe euch und ich liebe Jonas.
Wir sind zwar nicht Jesus, aber wir dürfen unse-
ren Nächsten lieben, und das Gericht: das lassen
wir ruhig auf Jesu Schultern liegen«».
Die Menge stöhnt auf und verwundert sich, Augenbrauen heben sich und Münder tun sich auf.
Es ist aber Jonas der das Wort ergreift, er ist der
Einzige der hierauf antworten darf, weil er neben
Manu die Hauptperson in dieser Gruppe darstellt.
Wäre hier nicht der aufstrebende und wortstarke
Jonas, dann wüssten alle keinen Weg zu gehen,
auch wenn Manuela ihn hier sicher gut vorgibt.
Eine Bestätigung aber bleibt noch aus, nur durch
diese würde sich die Gruppe auch von Manu leiten
und verleiten lassen.

Jonas: »Manu hat Recht. Wir sind nicht groß genug um Widerstand und Gericht zu leisten. Denn wer unter uns der Kleinste ist der wird ins Himmelreich gelangen. Der Meister aber, der gleichzeitig Richter über alle ist, der wird es jedem vergelten nach seinem Tun. Also, seid wie die Lämmer, beginnt eure Meisterschaft mit dem Leid, das Christus vor zweitausend Jahren erlebt hatte. Beginnt damit klein und unbedeutend zu sein, denn das wird zunächst auch Jesus sein, wenn er denn in diesen Tagen neu auf die Welt kommt. Er wird von Neuem starten und Fehler und Sünden begehen, aber später wird ihm das viel Nutzen bringen. Er beginnt heute wie wir von Neuem und wird größer sein als jemals zuvor. Glaubt mir und folgt ihm und folgt mir«.

Manu erhebt sich, Jonas setzt sich geflissentlich und hört seiner Freundin unaufmerksam zu. Sie hat eine Vision. Manu irrt ein, zwei Meter umher und spricht dabei:

»Ich sehe einen Pokal, meine Lieben. Es ist vielmehr ein wunderschöner Pokal und wenn ich Jesus am Kreuz darauf erkennen kann, dann ist es eine schöne Reliquie, deren Wert unerschöpflich ist. Diese Reliquie ist nicht weit von hier ausgestellt. Ich sehe unsere befreundete Gemeinde. Und ich sehe das Gold am Morgen unter Vielen«.

Manu war schon immer mit der Faszination von Visionen ausgestattet gewesen, was ihrer Gruppe immer wieder sehr ausgeholfen hat. Auch jetzt sieht sie die Wahrheit in einer zugleich wunderbaren und erschreckenden Vision. Sie sieht Petrus vor dem Himmeltor stehen, der nur evangelische Religiöse hineinlässt. Dies würde sehr viel Tumult in dieser Gruppe auslösen, danach aber wären sich alle einig: Es musste die Wahrheit sein. Demnach hatten die evangelischen Gemeinden das alleinige Recht auf den Himmel inne. Man redete schließlich immer mal wieder in solchen Gemeinden darüber, wie viele Engel ein jeder evangelischer Prediger, aber auch die Mitglieder, ab und an zum Schutz ihrer Leben und ihres Wohlergehens bei sich haben. Und so hatte diese Gruppe aus Summtal einige Bilder von Engeln in ihrem Gotteshaus aufgehängt, was den Mitgliedern um den Ältesten Peter der anderen Gemeinde aufstößt. In der Hinsicht ist die Gruppe der Fünfzig moderner als die um den Ältesten Peter. Der werte Markus, der sich als Jesus sieht, konnte seine Gemeinde um den ehrenwerten Peter bislang nicht auf seine Spur bringen. Jetzt aber da er von vielen erkannt ist, wird sich hoffentlich Einiges ändern.

Jonas: »Jesus hat uns also eine Reliquie geschenkt, meine Lieben, und sie steht hier in

Hennochheim bei unseren Freunden um den Ältesten Peter. Ich sehe den Glanz in Manus Augen und auf ihrem Gesicht und weiß was dies bedeutet. Diese Vision muss echt und wahr sein und es kommt noch einiges mehr darüber hervor, wenn Manu bereit dafür ist. Lass dir Zeit meine liebe Manu und sehe nach, was da noch auf uns zukommt, wenn wir die Gemeinde um Peter heute noch besuchen würden«.

Alle Anwesenden nehmen sich bei der Hand und stammeln leise Gebete. Das von Manu ist etwas lauter und geht so:

»Lieber Gott, gebe mir die Bilder, die von mir gefordert werden. Schenke mir die Vision, die sich aus der ersten ableitet. Was geht da vor in der Gemeinde um Peter? Woher stammt die Reliquie und habe ich recht, wenn ich sage, dass sich eine noch uns unbekannte Person dort hervorgetan hat«?

Die beiden Personen, die Manu am nächsten stehen und ihre Hand halten, drücken nun ärger zu und Manu schießt ein Bild vor die Augen. Ihre Pupillen weiten sich schrecklich auf und sie schreit mit erhobenen Armen und feiner Stimme:

»Er ist es. Christus steht mir vor den Augen und er ist größer als ich es bin«. Dann spricht sie gefasst und leise: »Er ist aber noch nicht ganz…, oder doch? Ist er groß genug«?

Die fünfzig Mitglieder um Jonas und Manu sind sicherlich moderner, als die konservative Gemeinde um Peter und dem neuen Christus. Allerdings bin ich mir sicher, dass Jesus nun auftrumpfen wird. Er wird sich vergrößern und verbreitern, wird Frucht bringen, wird glauben und lieben. Er wird die Gemeinde wichtigmachen.

Die Gruppe um Jonas und Manu hat sich bislang immer mehr hervorgetan in der Landschaft evangelischer Gemeinden in Deutschland. Wird sich das ändern? Wird Christus nun alle überholen? Und ist die Gemeinde um Peter die Richtige für den Meister?

Jesus sieht wohl die Charaktere Peter, Viviane, Pauline, den Weißhaarigen, Josef und mich, und fühlt sich durch diese Leute in einem starken Umfeld, behütet und gefordert. Er sieht wohl voraus, und erkennt, was nur Gott und er sehen können: das Potenzial gewisser Leute und Gruppen. Und er sieht voraus, dass er hier sicher ist und angehört wird.

»Liebe«, sagt Jesus, als er am Mittagstisch mit uns sitzt und ein Bild der Gruppe, eine Vision der Fünfzig, vor sich sieht. Wie sie sich an den Händen halten und Liebe füreinander ausstrahlen. »Sie werden kommen«, sagt er zu seinen Tischgesellen. »Die Summtaler. Sie werden gleich hier ankommen und sie werden größer sein als wir es sind«.

7. KAPITEL

Empfang

Claude jagt mit seinem Volkswagen durch die Innenstadt von Hennochheim. Eine von ihm ausgewählte Gemeinde ist nur zwei Straßen entfernt, und Simon lotst Claude mit Hilfe des Navigators auf seinem Smartphone zur Einfahrt dieser Gemeinde.

»Ein Parkplatz ist noch frei. Seht Ihr da? Den schnappen wir uns«, sagt Claude zu seiner Familie, die brav und lieb in seinem voll aufgetankten Wagen sitzt. Er parkt kurzerhand auf dieser Stelle, die allerdings schwer zu nehmen scheint. Aber mein Papa Claude ist ein Fuchs und ein Profi, wenn es ums Autofahren geht.

Simon ist der erste der aussteigt, es folgen ihm Miriam, Mathilde und zuletzt Claude, der den Wagen per Funkschlüssel abschließt.

Gerade als meine Familie Bordeaux den Vorplatz der Gemeinde betreten möchte, rasen einige SUVs ganz durchgedreht auf die Einfahrt, parken direkt und ohne Rücksicht auf dem Vorplatz und eine Menge von fünfzig jungen Leuten springt aus den Wägen und schlängelt sich an meiner überraschten aber demütigen Familie vorbei. Es sind Jonas und Manu, die die Ehre haben, zuerst die Eingangstüre zur Gemeinde zu öffnen und einzutreten. Vor ihnen steht Jesus Christus, und er reicht ihnen geflissentlich seine zarte Hand. Sie nehmen sie gerne an und fragen nach seinem Namen. Er meint er sei Jesus, ruhig und gelassen sagt er das wie ein Mantra au und lächelt dabei verschmitzt und doch freundlich.

Jonas und Manu sind die ersten der Gemeinde aus Summtal, die Jesus alias Markus begrüßen dürfen. Doch was machen sie daraus? Werden Sie es annehmen, die Sensation schlucken? Was aber sehr unwahrscheinlich ist, schließlich ist Jesus seit zweitausend Jahren nicht mehr auf der Erde gewesen, und es könnte sich hier um einen Betrüger handeln. Doch Markus ist kein Betrüger, das weiß ich mit aller Sicherheit. Sie Zeichen sind offensichtlich wenn auch phantastisch. Er ist der wahre Jesus Christus. An seinem Handgelenk kann man zwei Nagelmale sehen, die aus einer Operation stammen, wo man ihm Nägel in die Knochen geschlagen hatte. Dies ist wahrlich ein Zeichen von großer Güte und Markus Jesus hat mit ziemlicher Sicherheit auch selbst noch mehr von solchen

Zeichen sehen und spüren dürfen. Wie sonst könnte er behaupten Jesus zu sein, wären da keine Zeichen von Gott, den Engeln aber auch die des Satans?

Als Miriam, meine Schwester, ganz frei in die Eingangshalle tritt, spürt sie eine besondere, verrückte Schwingung. Sie verzieht ihr Gesicht, so als wüsste sie, dass ein Meister und ein wunderbarer Zeitgenosse sich in ihrer Nähe befindet. Als sie sieht, dass Jonas und Manu einem jungen Mann die Hand reichen, greift auch sie zu diesem Ritual und fühlt dabei des Mannes warme und zarte Hand, und macht, irgendwie unterbewusst und komisch, einen Knicks vor ihm, und strahlt ihn an. Ihr Bruder Simon ist erstaunt und geht bewusst lässig und intolerant an Jesus vorbei.

Ein Großteil meiner Familie ist sich zunächst einig darüber, was den Respekt Jesus gegenüber anbelangt, nachdem dieser der Miriam seinen wahren und so geschichtlich wichtigen Namen nennt. Dass Simon hier danebengreift, ist seinem jugendlichen Leichtsinn zuzuschreiben, und dass er einfach cool und schlau sein möchte. Miriam ist da natürlicher und weiser, was sie offenbar von unseren Eltern abgeschaut hat. Meine Eltern, Mathilde und Claude, haben zunächst überhört welchen Namen Jesus ihnen nennt, als dann aber Miriam ihnen seinen Namen noch einmal vor die Füße schmeißt, grüßen sie beide Jesus mit einem bedächtigen Kopfnicken.

Claude sagt: »Wer hier der Meister ist, ist jetzt wohl klar«.

Miriam: »Er ist es, Papa. Nur ein wenig Fantasie, dann siehst du es wie ich«.

Claude fügt an: »Wir glauben euch ja. Wo soll Jesus sonst sein, wenn nicht in einer Kirche«.

Mathilde: »Und dieser Ort scheint mir überfüllt zu sein von Gläubigen besonderer Art. Es gibt in dieser Stadt so viele katholische und evangelische Kirchen und Moscheen wie meine Hände Finger haben«.

Ich komme herbei und grüße lieblich meine Familie mit einem Kopfnicken und mit Händeschütteln. »Hier. Wisst Ihr schon wer hier mit uns ist«? Ich schaue dabei zu Jesus und streichle diesem mit den Fingern über seinen rechten Arm.

Simon meint, sein Bruder sei nun schwul geworden. Was fasst er hier auch diesen jungen Mann an? Und so lächelt Simon, stellt sich hinter Jesus und zieht eine respektlose Grimasse.

Respekt hat Simon hier keinen, vielleicht ist ihm diese Angelegenheit über den Kopf gewachsen. Was auch in ihn gefahren ist, es ist kein Dämon, wie ich ihn in mir gehabt hatte. Denn Simons Augen sind weder glasig noch schwarz.

Ich konnte mich bislang immer auf den siebzehnjährigen Simon verlassen, doch wie komme ich diesem jetzt behutsam und freundschaftlich bei? Was kann ich Simon sagen, um ihm ein wenig Ehrfurcht vor Jesus beizubringen? Viel Anstand hatte Simon nie gehabt, er ist wild und verrückt. Nicht in dem Sinne wie es bei mir ist, sondern in einem besonderen charakterlichen Verhalten.

Nicht, dass Simon Dämonen und Engel sieht, nein, aber doch ist er irgendwie ein sonderbarer Irrer. Ich aber bin da vor zwei Jahren in etwas hineingeraten, das meine Seele und meinen Verstand vor- aber auch zurückgeworfen hatte.

In dieser Zeit war ich mit Claude noch verbundener geworden und das Verhältnis mit der mutigen Mutter Mathilde ist durchaus besser geworden, denn sie beschützt mich immer wieder, wenn ich zum Beispiel über Geister im Badezimmer jammere.

Miriam schubst Simon zur Seite. Er hat es wohl nicht verdient neben Jesus zu stehen, an dessen Seite zu verweilen. Miriam ist da rigoros, linksgerichtet und in der grünen Partei tätig und so hat sie ein wunderschönes Sozialverhalten gegenüber allen Mitmenschen, außer gegen die Rechten, denen sie jedem Einzelnen gerne mal über den Schädel hauen würde.

Als nun Peter, der Vorsitzende der Gemeinde, in den Eingangsbereich eintritt, sehe ich hinter diesem den schauderhaften Josef herbeischleichen. Der Josef, der wohl einige wilde, leidenschaftliche und gewaltige Fähigkeiten besitzen vermag. Dieser Josef erhebt nun seine Arme und hält sie dem Peter über den Kopf, murmelt etwas Wirres und grinst mich fratzenhaft an.

Ich gehe einen Schritt auf Peter zu, ergreife ihn und führe ihn einen Meter weit weg und stehe nun meinerseits vor Josef und versuche diesem mit einem bösen Blick beizukommen.

Dieser Blick hat schon andere Geister zur Flucht geschlagen, warum also sollte das nicht bei dem satanischen Josef funktionieren?

Als meine Augen sich in einem Schwarz auf Josefs Augen widerspiegeln, erkennt dieser Taugenichts einen seiner Handlanger in meinem Körper, und scheucht instinktiv diesen Geist aus meinem Körper hinweg. Dass er mir dadurch einen Bärendienst erwiesen hat, ist ihm nicht bewusst. Er denkt wohl, er müsse eben über diesem Geist stehen und über ihn befehligen. Es ist möglich, dass Josef denkt, er könne so auch über *mich* herrschen, doch ich, reingeworden, strahle nun Josef liebevoll an, streichle ihm über die rechte Schulter und meine, ich habe gar nichts gegen ihn, ich liebe ihn sogar.

Josef sagt: »Du kennst mich doch kaum, Junge. Wie kannst du mich da lieben«?
Jesus schreitet ein: »Ich glaube unserem lieben Jules, wenn er sagt er liebt dich, Josef. Es gibt nicht viele hier, die das behaupten können, aber ich schließe mich da Jules an, und so hast du nun zwei Seelen gerettet: Jules und mich. Einfach weil wir unseren Nächsten lieben wie uns selbst«.

Diese Sache ist dem Josef peinlich und unangebracht, schließlich ist er immer davon ausgegangen hier Feinde zu erblicken, die ihn in seinem furchtbar konservativem und schrecklichem Charakter erkennen. Dass allerdings er der Teufel sein soll, das wissen nur wenige in dieser Gemeinde.
Jonas, der eben mit den Fünfzig hereingekommen ist, erfasst den Augenblick richtig, tritt heran und gibt Josef einen Kuss auf die Lippen. Als er dann einen Schritt zurücktut, da gibt Manu dem Josef die Hand und lächelt ihn genüsslich und freundschaftlich an. Josef weiß sich nicht zu helfen und lächelt zurück. »Ja, meine Lieben. Die Liebe ist etwas Schönes«. Dass er aber das Schöne nicht leiden kann, das sagt er hierbei nicht.

»Schön, die Wahrheit von dir zu hören«, sagt Peter, der Vorsteher der Gemeinde, und zwinkert mir zu. Da weiß ich sogleich, dass auch Peter so seine Erfahrungen mit Josef gemacht hat, doch dass er der Teufel sein möchte, das muss man dem Peter noch beibringen.

Manu erklärt dem Peter, sie sei eine der Vorsteher der Summtaler Gemeinde, gerade dann, als sie ihm die Hand reicht. Sie wisse nicht mehr ob er sie wiedererkennt. »Allerdings«, sagt Peter, er wisse nur zu gut, dass sie eine Vorsteherin sei, und doch leite sie dort nur die Kinder und Jugendlichen an.

»Und der große Jonas«, ruft Peter laut in den Raum hinein und bietet diesem einen Händedruck an, was Jonas sogleich zurückgibt.

»Wollt Ihr beiden heute bei uns predigen«? fragt Peter und strahlt genüsslich und gottselig.

Beide bejahen das synchron und Peter weist Ihnen den Weg in die erste Bankreihe, wo sie denn nun Platz zu nehmen gedenken. Manu erblickt dabei die Reliquie. Diese strahlt eine gewisse Raffinesse aus und Manu zeigt mit einem Fingerzeig auf die Statue. »Schau mal, Jonas«. Er möge sie doch betrachten, was Jonas kurzum und wie automatisch tut. Er geht sodann, irgendwie mechanisch, zwei drei Schritte zur Kanzel hoch, und bestaunt die Reliquie. Plötzlich nimmt diese den Sonneneinfall auf und spiegelt diesen auf Jesus wider. Und so steht Jesus alias Markus in einem hellen Licht im Gang des Saales.

Diese Zeichen sind zwar für einige nur ein Hirngespinst – auch unter den Gemeindemitgliedern. Es gibt aber auch solche Mitglieder, die die Zeichen – unweigerlich in jedem Leben vorhanden - ernst nehmen, daran glauben und ihr Leben danach ausrichten. Dabei Gottes schöne und auch unheimliche Botschaften aufnehmen oder die Herzen der Menschen offenstehen sehen. Wer den Wundern und Zeichen im Leben glaubt, der erlangt mit großer Sicherheit große Weisheit, das sichert Gott jenen zu. Auch wer die Zeichen nicht mit Gott verbindet, sondern sie als das Leben betrachtet, der hat großen Vorsprung auf die passiven Leute, diejenigen die nicht bewusst aufnehmen können, was das Leben an Gefühl mitbringt.

Als Jesus, deutlich für die Fühlenden, ein Gefühl aus seinem Körper sendet, nimmt Jonas es überraschenderweise auf. Er flüstert es Markus Jesus nach, das was er von dem Meister fühlen kann: »Die Reliquie und Jesus sind eins. Was soll das bedeuten? Warum ist das so? Jesus, spüre was ich dich wissen lasse möchte«.

Zumindest hat Jonas schnell verstanden, dass Markus der leibhaftige und echte Jesus ist. Das gibt das Zeichen mit dem Sonnenlicht her und Jonas schätzt auch Markus in seiner Art als besonders ein. *Wer das nicht glaubt, der ist kein Bruder und keine Schwester dieser beiden Gemeinden,* denkt Jonas.

Jesus flüstert nun seinerseits und lässt dabei folgenden Satz in Jonas fahren: *Du siehst wer ich bin. Ein Heiliger, und diese Reliquie habe ich gleich ins Herz geschlossen, wie ich auch dich ins Herz schließe.*

Jonas spürt die Worte hochschwappen und seine Augen werden groß.

Ja, Jesus, lässt er Jesus fühlen. *Ich habe dich erkannt und ich habe mich selbst erkannt und so werde ich gleich über dich predigen, wenn ich darf.*

Sicherlich darfst du das.

Alle nehmen ihre Plätze ein und ein Raunen geht durch den Saal als Jonas zur Kanzel hinaufgeht und ein Strahlen von ihm ausgeht.

8. KAPITEL

Predigt des Jonas und der Manu

Meine Familie setzt sich gemeinsam, geflissentlich auf eine der Bänke im hinteren Bereich des Saales. Alle Anwesenden richten ihre Blicke auf Jonas. Manu drückt ihm die Daumen und strahlt ihn an so wie er sie anstrahlt. Jonas streichelt über die Reliquie und bedankt sich dafür, dass er eine Rede halten darf. »»Mir ist zu Ohren gekommen, dass das Böse unter euch weilt. Wer ist es und wo ist diese Gestalt unter euch««? Ich erhebe mich prompt und und schreite zur Holzbank, wo zuvor der schreckliche Josef Platz genommen hat und stelle mich neben diesen auf den Gang. Josef fühlt sich überrumpelt, doch Jonas hat den Wink verstanden, das Zeichen gedeutet.

»»Meine Lieben…der Bruder, der im Gang steht darf sich jetzt genügsam hinsetzen. Alles ist mir klargeworden««. Und so setze ich mich neben Josef, der rechts von sich noch einen leeren und verantwortungsvollen Platz innehat. Dabei lächle ich den vermeintlichen Satan freundlich an, beuge mich zu ihm herunter und gebe ihm einen brüderlichen Kuss auf die Lippen.

Josef ist erstaunt, solche Freundlichkeit war ihm dieser Tage recht neu und fremd. Und so drückt Josef seine Lippen auf die meinen und sagt: »Du bist wahrlich ein Bruder. Setze dich her und sei mein Gast. Sei ein Freund und Diener«. Der vermeintliche Teufel ist hier sehr herzlich, oder sagen wir lieber er ist genügsam und nett. Dass er einen Bruder gefunden hat, hat noch einen Beigeschmack, denn Josef fühlt hier, als sei ich ein Knecht in seinen Fängen. Ich aber lasse mir nicht in die Karten schauen und schmunzle ein wenig in Richtung des von mir erkannten Satans.

Habe ich Recht? Ist Josef in Wahrheit der Teufel, denn nur weil Josef sich als dieser ansieht, muss das noch lange nicht so sein. Es gibt komische Zeitgenossen, die Wahnvorstellungen angehaftet haben, und die diese rigoros an sich lassen, mit jeder Faser ihres Körpers und mit voller Energie und Aufmerksamkeit dafür. So ist es hier wohl auch mit Josef, denn wie kann es sein, dass Jesus und Satan gleichzeitig in derselben Gemeinde ansässig sind? Aber möglich ist so Vieles und Schrecken und Wonne sind dicht beieinander.

»Ich bin gerne dein Gast, sei auch du der Meine«, sage ich zu Josef. Dieser antwortet harsch: »Du bist ein treuer Knecht. Ich liebe das«. Das kann ich mir sehr gut vorstellen, dass Josef es liebt mich unter sich zu stellen, wie das Licht unter den

Tisch, wo es kein Licht bringt. Ich aber will sehr wohl ein Licht sein, das über alle leuchtet. Wer könnte mir da aushelfen? Wer könnte mich anleiten? Ist Jesus soweit das zu Händeln oder muss ich mir Weiteres selbst beibringen?

Ich sehe zum forschenden Jesus hinüber, der komischerweise auf der Seite der Frauen sitzt und mit einer der älteren Damen scharmützelt. Und plötzlich kann ich Jesu Worte sehr gut hören, es ist als sei mein Gehör um ein Vielfaches sensibler geworden. Als habe es sich verstärkt, wie zwei Boxen einer tausend Watt Anlage. »Liebe Dame. Hören Sie jetzt gut hin, denn Jesus ist mitten unter uns und seine Gefühle, die er von neuem entdeckt hat in seinem jetzigen Leben, mögen über unser aller Gefühle kommen und wir werden unser Leben hier feiern«. Die Dame nickt verständig und lächelt sogleich Jesus, dann Jonas an. Letzterer steht bereit, um weitere Worte, hoffentlich liebevoll und geistlich, rüberzubringen.
»Also gut, meine Lieben«, sagt Jonas ins Mikrophon. »Ihr seht es nicht alle, ich aber kann den Wüstling entlarven. Er möge sich zu erkennen geben oder für immer schweigen«. Josef erhebt sich, fühlt sich wohl angesprochen, und geht den Gang zurück zum Eingang des Saales um dann auf der Toilette zu verschwinden. Das ist das

notwendige Zeichen, der Satan hat sich zu erkennen gegeben, aber er hat dennoch seine Ehre behalten, weil keiner ihn nun zu demütigen weiß. Als ich mich erhebe, zückt Jesus seine Hand in die Höhe, um mich zum Einhalten zu gebieten. Ich bleibe auf der Stelle stehen und setze mich auf des Teufels Platz.

Die Angelegenheit mit dem Teufel ist noch nicht zu allen durchgedrungen, obwohl eigentlich alle eine gewisse Zartheit an den Tag legen sollten. Denn wer glaubt Zeichen zu sehen, der spürt und erhält Antworten und sieht Geheimnisse offenbart. Einige der Gemeindemitglieder drehen sich um und haben den Wink verstanden, sehen wieder nach vorne und bereiten sich geistig auf die weitere Rede von Jonas vor.

Jonas: »Gut, das Zeichen ist gefallen, der Teufel entlarvt, und diese Gemeinde ist zur Seligkeit erlangt, denn Jesus ist mitten unter euch und er wird euch reinwaschen von euren Sünden, und er wird euch freimachen vom Joch des Satans, der hier umherwandelt. Lasst euch von diesem nichts sagen, wenn er aber laut und grob wird, so schmunzelt nur über ihn und gebt euch nicht seinem Bösen hin. Kämpft nicht gegen ihn an, denn er ist stärker als manch einer unter euch. Vielmehr solltet ihr – hier in Hennochheim – auf Jesus vertrauen. Er ist im Geiste älter als Ihr und er wird die Sache baldigst auflösen. Ich kann es sehen. Ich kann ihn sehen und ich kann seine Reliquie hier sehen. Beide sind ein Heiligtum und ein Zeichen für die Größe unseres Gottes«.

Jonas legt eine kurze Pause ein, in der er Jesus tief in die Augen blickt, die blau und meerestief erscheinen. Dann greift er zur Reliquie und setzt seine Rede fort.

»Ihr Lieben. Ihr seid nicht schuld, dass sich der Böse schlechthin hier bei euch eingenistet hat. Ihr seid aber gesegnet damit, dass Jesus unter euch ist, das ist euer Lohn für eure Gebete und eure Reden.

Ich kann wieder ein Bild von euch sehen, wie Ihr euch untereinander gestritten habt. Seid nicht verdrießlich. Der Teufel hat sich hier eingeschalten und hat sein Schindluder mit euch getrieben. Denn wo er ist da ist kein Friede. Nun aber, es muss erst vor kurzem so gekommen sein, ist Jesus hier und dieser bringt euch in Zukunft den so fehlenden Frieden. Wisst Ihr, bei uns sind wir sehr gesegnet, Ihr aber habt die Apokalypse praktisch in eurem Saal und das macht euch besonders. Also seid getrost, denn Jesus hat bereits die Welt überwunden, und er wird den Satan austreiben. Auch wir beten ihn an und so darf ich ihn heute erblicken…«

Einige Mitglieder sehen zu Jesus hinüber und freuen sich des kleinen aber nicht unbedeutenden Zeichens wegen. Der Wahrhaftige ist unter ihnen, und zwei Drittel der Gemeinde, sieht was hier tatsächlich vor sich geht. Ein Drittel aber hat das ganze Geschehen nicht in ihrer Wahrheit verstanden, ist verstockt geblieben und hat die Schönheit Jesu und die Schönheit dieser Rede und des Gottesdienstes nicht erlebt.

Jonas reckt die Reliquie in die Höhe und meint, wer an Jesus glaube und seinen Glanz sehe, wie sie hier den Glanz der Statue sehen könnten, der habe Seligkeit erlangt und ist nicht verrückt, nein, er ist vielmehr von der Güte Gottes und der Güte des Heiligen Geistes erfüllt. Weiter sagt er: »So seid euch sicher in den Zeichen, die hier lauern, im Guten wie im Bösen. Beides ist hier bei euch zutage getreten und beides heißt es richtig zu deuten. Denn deuten kann man, in der Wahrheit und im langsamen Bewusstsein. Dann, wenn man alle Gefühle der Menschen und des Lebens sehen und hören kann.

Wer mir glaubt, der glaubt auch Christus, denn meine Augen haben ihn heute gesehen und nun kann ich hingehen und sterben und habe den Heiland gesehen.

Meine Lieben, natürlich bin ich noch zu jung zum
sterben, aber Ihr habt vielleicht erkannt, dass dieser Spruch in der Bibel zu finden ist«.
Ein Raunen geht durch den Saal, doch das Ober-
haupt Peter erhebt sich um mit beschwichtigen-
den Armen Ruhe hineinzubringen. »Meine Brüder und Schwestern. Haltet ein. Jonas spürt nun
Mal Jesu Anwesenheit. Was ist denn falsch daran? Fühlt Ihr ihn denn nicht«?

Erneut kommen ein Raunen und einzelne unver-
ständige Stimmen. Es müssen wohl diejenigen
sein, die Jesus bis vor kurzem nicht erkannt haben. Peter aber scheint es zu wissen, und so lächelt er Markus zu, geht sodann zur Kanzel und
spricht ins Mikrophon:

»Meine Lieben. Unser Jonas hier« er legt Jonas
seine linke Hand auf dessen rechte Schulter »hat
die Wahrheit gesprochen. Manche von euch haben einfach die Welt der Engel und die Welt Jesu
nicht auf dem Schirm. Sie glauben zwar an das andere Reich, aber Jesus sagt auch: mein Reich ist
mitten unter euch. Wer also glaubt – hier auf Erden – Engel zu spüren, den verurteile ich nicht.
Im Gegenteil. Diese haben die Gabe des Sehens
und des Fühlens. Andere haben die Gabe des Re-
dens, so wie hier Jonas. Jonas aber hier, hat nun
mal beides. Er spürt und sieht. Und er spricht.
Wenn Ihr ihm nicht glaubt, dann glaubt Ihr auch

nicht an Jesu Apostel, denn diese hatten Gaben zum Heilen und zur Rede, schlichtweg hatten sie die Gaben Jesu empfangen durch den Heiligen Geist. Und dieser ist auch heute tätig. Wer unter euch glaubt nicht, dass Gott Heiliger Geist unter uns ist und unseren Brüdern bei der Rede behilflich ist? Der Heilige Geist legt uns die Worte auf die Zunge, sonst hätten die Brüder keine Weisheit. Sie ist vom Heiligen Geist gegeben. Warum sehen viele von euch die Wunder und Zeichen nur in der Vergangenheit, wo doch Jesus am heutigen Tage gefragter ist als jemals zuvor? Seht nur wie viele Gemeinden es in diesem Land gibt, die so sind wie wir. Und seht, dass ein junger Mensch wie Jonas nun mal Talente erhalten hat, gerade jetzt, in diesem Moment, wo manche Alten noch stur und unverständig dasitzen«.

In diesem Moment kommt Josef wieder in den Saal und Peter erblickt ihn. Mit einem Lächeln im Gesicht ist sich Peter dieses Zeichens bewusst und gewiss und so zeigt er mit dem Arm in Richtung Josef.

»Josef. Komm herbei. Unterstütze uns doch hier bei unserer Rede. Du großer und herzlicher Mann«.

Josef fühlt sich geliebt und geehrt, darf er doch zur Kanzel hinaufkommen, wo er doch immer wieder so angeeckt hat. Was hat Peter im Sinn?

Will er einfach nur die Situation ausprobieren, sehen was geschieht, wenn er hier den – auch von
ihm erkannten - Teufel mit einbezieht. Möglicherweise würde sich der Satan wild und quer quas-
seln und alle würden endlich diesen Taugenichts
erkennen.

Josef aber ist nicht dumm. Er holt seine Bibel aus
der Übersetzung von 1912 von der Holzbank und
hält sich kurz an der Holzlehne fest, wie ein Kind.
Er geht die Stufen hinauf und erreicht Peter und
Jonas.

»Ja, meine Lieben«, sagt Josef ins schwarze Mikrophon der Marke Beyerdynamik. Peter und Jonas machen ihm Platz und hören gespannt und
doch mit gleichgültigem Blick zu. Peter lächelt
zudem, er weiß wohl, dass dieser Satan sich ver-
stricken wird mit all seinen unguten Worten.

»Also, hört gut zu«, sagt Josef. »Ich bin keinesfalls gegen euch. Auch ich spüre Jesus und die Engel hier. Anderes sollte es auch nicht sein unter
den Gläubigen. Doch Jesus ist nicht unfehlbar…«
Das muss ja jetzt kommen, denkt sich Jesus.

Josef holt nun auf und spricht: »Jesus ist schön
und gut, das glaube ich. Aber das Böse hat seit
Langem Oberhand erlangt, und Ihr müsst deshalb
eure Herzen prüfen, ob sie denn nicht verdreckt
und böse sind. Bekehrt euch, seht eure Sünden
und tut Buße, denn wer sieht wie schlecht er ist

und sich der Gemeinde anvertraut, dem stehe ich gerne im Geiste bei«.

Was maßt er sich an, denke ich und sehe zu Jesus hinüber. Dieser erblickt meine dunkelgewordenen Augen, erhebt seine Hand und murmelt ein paar Worte die die Schwärze aus meinen Augen hinwegfegen soll. »Er hat mich gereinigt«, rufe ich laut und erhebe mich. »Er hat mich hier und jetzt gereinigt. Jesus. Ich spreche von Jesus«.

Ich fühle mich als sei ich bei einer Auferweckungszeremonie von Baptisten in einem Staate der USA, doch schon springt mir einer zur Seite.

»Sehr schön«, sagt Peter ins Mikrophon.

Josef aber taumelt da oben ein wenig und meint in einer Art Benommenheit, dieser Bengel, der erst seit einigen Tagen in dieser Gemeinde zu Gast wäre, könne noch keine Reinigung von Jesus empfangen.

Dann fügt er ins Mikrophon hinzu: »Jüngling. Du kannst noch nicht gerettet sein. Du bist und bleibst in Sünde. Ich sehe deine Augen und sie sind böse. Also maß dir jetzt nicht an, Jesu habe schon jetzt dein Leben verändert. Einige sitzen hier seit Jahren und sind noch nicht gerettet, und du willst hier rein sein? Schäme dich«.

Ich gehe zur Kanzel hoch und bäume mich mit großen Gedanken direkt vor Josef auf: »Wenn ich sage ich bin rein geworden, dann ist das so, Josef«.

Josef wiegelt sich mit beiden Händen von mir ab und runzelt dabei erschrocken die Stirn. Jonas nutzt die Gelegenheit und stößt Josef leicht und klammheimlich etwas zur Seite. Dieser lässt es mit sich machen und verstummt.

Jonas spricht nun ins Mikrophon.

»Seht her. Dieser hier ist rein und gerecht geworden durch unseren Herrn, Jesus Christus, der hier in eurer Gemeinde wirkt«.

Jesus sitzt bei den Frauen, und die weibliche Person neben ihm erhebt sich und ruft durch den Saal zur Kanzel hinauf:

»Leute. Ich kann ihn spüren, als sitze er direkt neben mir. Ich fühle…seht her, wo zwei oder drei versammelt sind, da ist Jesus mitten unter uns«.

Sie sieht zu ihrer Linken Jesus sitzen und ihr Gesicht hellt sich auf. Erstaunt tun sich Gedanken in ihr auf und sie ist sich sicher, nickt Jesus zu, allerdings ohne ihn anzusprechen.

»Setze dich wieder, Schwester«, ruft Josef lauthals und nun ziemlich sicher hinunter.

Sie setzt sich, doch Jesus erhebt sich hernach. Er hat wohl noch etwas zu sagen oder zu tun. Offensichtlich ist das Ganze nicht. Es gibt in dieser Gemeinde immer noch Mitglieder, die es nicht spüren können, weil sie nicht daran glauben können, dass in heutiger Zeit Zeichen und Wunder geschehen.

Jesus aber ist selbstbewusst genug um in den Gang zu treten und um dort zu verweilen, bis der richtige Moment kommt.

Und er kommt.

»Komm nur hoch zu uns, Markus«, sagt Peter zu Jesus.

Weiter dann, frohlockt Peter: »Du bist herzlich eingeladen«.

Markus nimmt die Stufen zur Kanzel hinauf und setzt sich auf die Stufen. Er blickt über die Menge an Leuten unten in den Reihen, und strahlt im Gesicht. Dann bleibt sein Blick haften irgendwo haften und so erhebt er sich und ruft mit von Peter überreichtem Mikrophon Manu herauf.

Manu nimmt den Gang und geht dann hinauf zur braungefärbten Holzkanzel. Peter bedeutet mit ausgebreiteten Armen allen, den Weg runter von der Kanzel zu nehmen und sich auf ihre Plätze zu setzen.

So stehen nun nur noch Manu und Jonas oben und es ist Manu die die Menge an Leuten nun begrüßen darf. Jonas geht vorsichtig einen Schritt zurück und überlässt nun Manu das ehrenwerte Wort.

»Meine Lieben. Wir sind hier versammelt um Gemeinschaft zu halten unter den Heiligen. Ja, wir sind heilig. Das glaube ich felsenfest, denn wie sonst können wir erklären was hier geschieht? Jesus macht rein. Der Heilige Geist spricht durch die Brüder. Und wir verstehen uns untereinander prächtig. Und das zeigt, dass wir Jesu Freunde sind. Denn wir sind wie er, wir ähneln ihm, sind aber noch lange nicht so alt und weise wie er es ist.

Und doch haben wir unsere Gaben und Talente, ein jeder nach seinem Gemüt und nach seinem Lebenslauf. Und jene, die keine Gabe erhalten haben, die mögen nicht verzagen, denn schon morgen könnten sie große Frucht bringen, mit Weisheiten aus der Bibel und mit einem christlichen Geist, der uns alle gleich macht. Wir Gemeindemitglieder sind einig und Jesus erkennt uns als Gemeinschaft. Wir alle erkennen, dass wir eine unumstößlich schöne Gemeinschaft sind.

Wir sind schwach und demütig und so erkennen wir uns gegenseitig als Brüder und Schwestern.

So glaubt mir, wenn ich sage, auch ich sehe den Christus vor mir, nicht nur als Bild, sondern als ein lebender Körper, der auf die Welt kommt, erneut als lebendiger Mensch zu uns kommt, um uns zu versammeln und um uns seine Liebe zu versichern, als Vorbild, dass wir ebenso untereinander eine solche Liebe haben sollen.

Es gibt zwar den einen oder anderen, der nicht wie ein Bruder daherkommt, aber ich lege große Hoffnung in einen jeden, hier in dieser Gemeinde«.

Die sechzehnjährige Manu legt viel Weisheit an den Tag und auch wenn sie den schlimmen Bruder irgendwie ansprechen muss, so ist sie im Grunde doch sehr gut, und mächtig groß, gelaunt. Sie lächelt Miriam, meine Schwester, an und sie sieht wohl etwas in ihr. Und so winkt sie Miriam herbei. Miriam kommt herbeigerannt, stoppt erst kurz vor Manu. Diese legt ihr die Hand auf den Kopf und spricht: »So sei nun unsere Schwester. Wie ist dein Name, Schwester«?

»Miriam«.

»Miriam. Ich sehe, dass du bist wie wir, und es ist gut, dass du heute gekommen bist. Ich sehe auch, dass du das erste Mal in eine Gemeinde kommst und so sei dir jetzt gewiss, dass wir für dich da sind. Alle Tage, bis an der Welt Ende«.

Miriam runzelt die Stirn und schaut überrascht. *Was ist geschehen? Bin ich jetzt eine Schwester? Habe ich hier eine neue Familie für mich entdeckt? Irgendetwas spüre ich schon in mir. Aber das ist es nicht. Das bin nicht ich. Ich bin kein Jesus-Freak.*

Und so watschelt Miriam zurück zur Bank, auf der auch ihre Eltern und Simon noch dasitzen. Sie fragen sich alle, was das nun gewesen sein soll. Ist Miriam hier einer Art Sekte auf den Leim gegangen? Oder ist sie tatsächlich dafür bestimmt, hier in dieser Gemeinde zu verweilen? Ihr ist anders zumute, aber sie hat ein Gesicht aufgelegt, dass davon abkommt, täglich zu beten und zu predigen. Sie ist eben eine Maus, die das Leben liebt und es ausnutzt. Sie ist erst vierzehn, hat aber - mit uns älteren Brüdern – schon jetzt viel gelernt. Vater Claude ist viel unterwegs, als Schriftsteller, und Mutter Mathilde hat viel Arbeit im Haus, doch wir Brüder helfen ihr immer wieder aus, solange bis sie alt genug ist, uns auszuhelfen, uns etwas Gutes zurückzugeben.

Manu sieht Miriam sich setzen und richtet nun wieder ihr Wort an die versammelte Gemeinde.
»Ihr Lieben. Ich habe euch lieb«.
Viele der Mitglieder murmeln etwas vor sich hin.
Hat der Geist sie ergriffen?
Manu sagt weiter:
»Hat das jemals einer zu euch gesagt? Ich liebe dich? Hat der hier erschienene Jesus euch niemals seine Liebe gestanden? Jesus…« sie sieht ihm direkt in die Augen, auffordernd und gewaltig.
Jesus erhebt sich und Peter bringt sofort ein zweites Mikrophon herbei. Jesus spricht hinein:

»Jesus tut es sonderbar leid, dass er nie von Liebe gesprochen hat. Aber er ist erst vor Kurzem seiner Meisterschaft auf Erden bewusst. Was heißt das? Es bedeutet, dass Jesus neugeboren ist und erneut darin wachsen muss, der Meister zu werden, geschweige denn selbst davon überzeugt sein muss, der wahre Christus zu sein. Er dachte immer er wäre ein normaler Mensch, doch heute weiß er wer er ist...«

Erneut murmeln einige der Mitglieder.

Er spricht weiter: »Heute weiß er, dass er Jesus Christus ist, der sich selbst vergessen hat, um in einem neuen Leben etwas vom Leben dazuzugewinnen, dazuzulernen. Durch diese Wiedergeburt hat er die Möglichkeit, mehr zu erfahren als in Jahrzehnten im Himmelreich...«

Josef meldet sich zu Wort, erhebt sich dabei und sagt:

»Was willst du damit sagen, teurer Bruder? Dass Jesus schon mitten unter uns ist? Ist es nicht Frevel zu glauben, er sei gerade hier, bei uns? In Hennochheim? Setze dich wieder, Bruder. Du halluzinierst«.

Was ist los mit Josef? Weiß er nun oder weiß er nicht um Jesus? Hat er die Zeichen nicht erkannt, die Markus zu Jesus machen? Oder tut er geradezu ein gewaltiges und grauenvolles Spiel mit den Mitgliedern und mit Christus?

Josef geht hinüber zu Jesus und zeigt mit seinem ausgestreckten Finger auf den jungen Mann.

»Du solltest dich was schämen…« dann flüstert er Markus zu: »Jesus«.

Jesus runzelt die Stirn. *Hat er mich doch erkannt,* denkt er sich.

Josef flüstert ihm mit gehässigem Blick und roten Augen weiter zu: »Du bist es verdammt noch mal nicht wert ein Meister genannt zu werden«.

Jesus flüstert wiederum ihm zu: »Aber ich werde es bald sein, teurer Christ. Noch eine geringe Zeit und ich werde größer sein als du«.

»Du? Größer willst du sein als ich? Was maßt du dir an, du frecher und unnachgiebiger Dachs«?

Jesus: »Ich denke du siehst die Wahrheit? Sehe auch hier die Wahrheit. In einigen Tagen werde ich groß sein und ich habe gut und viel dazugelernt in den letzten Jahren«.

»Was hast *du* denn gelernt«? motzt der unnahbare Josef.

»Ich weiß zumindest wer du bist, Satan«.

Josef dann: »Du glaubst mir also? So will ich dir glauben, dass du Christus bist«.

Josef ist zufrieden, doch sein Gesicht scheint versteinert und grob.

Manu bittet die beiden Herren sich zu ihren Plätzen zu begeben. Jesus setzt sich. Josef schlendert zurück zu seiner Bank und setzt sich. Mutig und selbstverliebt sieht er aus. Er hat sich selbst zum König gemacht. Und schließlich hat er dem großen Jesus Paroli geboten und dieser wird noch einknicken, wenn Josef nur so weiter macht.

Manu: »Ja, wenn das so ist, dann verzeiht mir der werte Jesus sicherlich. Ich wusste nicht wie es um ihn steht. Verspricht er uns denn…nein. Ich will dem Meister nichts vorschreiben…aber vielleicht dürfte ich darum bitten, dass er alle Gläubigen besuchst um ihnen seine Freude und viel Hoffnung zu bringen. Es gibt in solchen Gemeinden wie dieser, oder der unseren in Summtal, so viele Kranke. Zwar nur wenige junge Leute mit Leiden, aber umso mehr Alte. Gebrechliche die unter des Teufels Hand liegen und nicht aufstehen können««.

Peter kommt auf Manu zu und ruft theatralisch mit seinem Mikrophon in die Menge: »Meine Lieben. Jesus wird sicherlich die Kranken besuchen wollen. Also meldet euch, wenn es Kranke in euren Familien gibt und ich werde mit Jesus dorthin fahren wo die Leute leiden und nicht aufstehen können««.

Er schaut zu Jesus hinüber.

»Vielleicht erbarmt sich Christus dazu, diese Menschen zu befreien. Sie sehend und gehend zu

129

machen. Was sagst denn Jesus dazu? Wollen wir es ausprobieren«?

Jesus geht zu Peter und nimmt das Mikrophon zart und behutsam aus dessen Hand, spricht dann mit sanfter und leiser Stimme hinein:

»Nun, ich weiß, dass Jesus sich nicht zu offensichtlich unter euch mischt, sonst gäbe es keinen Glauben, sondern nur Gewissheit. Aber ich weiß zu sagen, dass es heute anders um ihn steht...«
Was bringt Jesus hier vor? Welche Frage, welches Bitten hat er nicht verstanden? Alle blicken gebannt zu ihm, dann wieder zu Peter. Jesus ist sich seiner Gaben bewusst und spricht:

»Meine Lieben, der Jesus von heute vermag es nicht zu heilen. Er kann weder sehend noch gehend machen. Gott hat ihm dieses Mal andere Gaben gegeben. Ihr müsst euch also dazu begnügen, seine Weisheit und seine Zeichen zu hören und zu sehen. Das soll auch schon alles sein«.

Peter ist sehr enttäuscht: »Aber Markus...weißt du was du hier überhaupt sagst? Du sagst, dass Gott nicht Gott ist. Du sagst, dass Jesus nicht heilen kann, obwohl er Gott ist«.

Jonas fühlt sich angesprochen und läuft schnellen Schrittes zu Peter und spricht in dessen Mikrophon hinein:

»Peter. Es ist schon gut. Wenn du großen Glauben hättest, wie ich ihn habe, dann solltest du erkennen, dass Gott so unseren Glauben prüfen kann. Glauben wir Jesus und dass er hier ist? Und nehmen wir hin, dass er nicht mehr heilen kann? Ich sage ja. Er ist der wahre Jesus, nur hat er dieses Mal andere Kleider an. Verstehst du Peter«?

Peter ist verdutzt, doch dann verständig: »Ja, du hast Recht, Jonas. Gott und Jesus sind kreativ, individuell und einfach wunderbar. Warum sollten sie so einfach denken wie wir Menschen es tun? Ja und vielleicht war auch ich schon einmal auf der Erde und bin dahin zurückgekehrt. So ist es auch heute mit Jesus. Gewiss sollten wir nicht traurig sein, wenn er denn nicht heilen kann. Sollte er aber Weisheit, tröstende Worte und Zeichen tun, dann möchten wir doch damit zufrieden sein«.

Manus Rede ist noch nicht vorbei, sie fährt jetzt so richtig hoch und wird warm wie ein Wärmekissen. Und so sagt sie mit gestärkter und unverwechselbarer Stimme:

»Sind wir deswegen verwegen und verloren? Nein, das sind wir nicht«.

Manu versteht wohl sehr gut, dass die Welt zwar auf Christus wartet, Gott aber seinen eigenen Plan aufweist, dem selbst Jesus – in seinem jetzigen Leben – nicht auf den Grund gegangen ist. Verwegen sollte die Gemeinde jetzt nicht sein, denn wenn nicht Jesus heilt, dann vielleicht Gott Heiliger Geist, der hier über ihnen schwebt.

Manu greift sodann diesen Gedanken auf: »Meine Lieben. Gott Heiliger Geist wird uns behilflich sein. Er ist es, der alles geschaffen hat und so kann er gewiss auch gesund und munter machen, einer jeder Seele Heil geben, die Heil verlangt. Doch geht nicht zu streng und ungeduldig mit ihm um, denn Ihr könntet ihn vergrämen und er würde sich abwenden von unseren Gemeinden. Dass wir aber wichtig für ihn sind zeigt die Tatsache, dass Jesus hier als Reliquie auftaucht und großen Segen bringen wird, mit Worten voller Weisheit und vollen Trostes«.

TEIL 3

Abgründige Streitereien im Paradies

9. KAPITEL

Die Rede Jesu

Plötzlich, unerwartet, stößt das große heilige Kreuz, das hinter der Kanzel hängt zu Boden und fällt vornüber auf den Boden hinab. Die quirlige Manu springt, gerade noch rechtzeitig, zur Seite. Doch durch das Brimborium fällt auch, weiß Gott wie das geht, die Reliquie von der Kanzel hinunter. Der jugendliche aussehende Jesus schreitet voran, nimmt die goldene Reliquie vom Boden auf, stellt sie wieder auf die Holzkanzel und begibt sich – über das Kreuz stapfend – zum Mikrophon und spricht hinein:

»Mein Volk ist nicht von dieser Welt. So haltet inne und glaubt mir, dass Gott mich gesendet hat um die Schrift zu erfüllen und dem Bösen Einhalt zu gebieten. Dazu benötigt man nicht Hände des Heils. Nein. Dazu benötigt man Weisheit, Trost und eine gute Rede, mit der man die Schergen des Teufels und ihn selbst verscheucht. Glaubt mir, dass ich gestern einen solchen bösen Geist aus einer Freundin ausgetrieben habe mit Worten die diesem Geist direkt in Mark und Bein gingen«.

Jesus greift nun bückend nach dem gefallenen Kreuz und stellt es ordentlich wieder auf. Lehnt es dabei gegen danebenstehenden großen, wuchtigen Altar.

»Ihr dürft nicht verzagen, denn ich siege immer gegen das Böse, und heilen…nun heilen wird euch – wie bereits gesagt – der Heilige Geist. Er ist *auch* Gott, größer als ich es heute bin und weiser als ich je sein werde. Doch unterschätzt mich nicht, denn meine Größe ist herrlicher als eine jede hier unter euch. Und doch strecke ich meine Hand nach euch aus, um euch als Brüder und Schwestern in einem neuen Reich willkommen zu heißen. In einem Reich, das schon jetzt und hier ist, hier in diesen Hallen««.

Miriam ruft harsch und wie vom Fanatismus ergriffen hinein: »Ja. So ist unser Gott««. Sie ist vorhin zur Religion hingeleitet worden, trotz ihrer früheren Abneigung dahingehend. Doch diese Worte berühren sie. Sie erfährt was es heißt mitgerissen zu werden und so ist ihr Ausruf nur verständlich.

Jesu Haar glänzt in der Nachmittagssonne und er spricht weiter:

»Ja, Schwester Mut und Ehre. Du hast absolut recht. Gott ist hier und er tut Gutes. So ist unser Gott…wie ist dein Name, verständiges Mädchen««?

Auch ich bin ergriffen und Jesus zugeneigt und sage: »»Sie heißt Miriam und sie ist meine Schwester««.

Jesus erhebt seine Arme, links und rechts neben sich und ist wohl auf einem Trip ins Nirvana. Dabei spricht er: »»Deine Schwester soll eine Gabe erhalten. Das erste Talent, das ich heute jemanden geben möchte…also, Miriam. Welche Gabe möchtest du erhalten? Ist es die Weisheit? Ist es das Segengeben oder gar eine Gabe an Worten der Liebe««?

Jesus schaut sie verzückt und angetan an und gesteht, er wisse bereits was sie hier wählen möchte. Ist der Heiland tatsächlich wieder soweit, die Zukunft zu prophezeien und die momentane Wahrheit zu sehen? Was ist Wahrheit? sprach damals der auf ewig schuldige Pontius Pilatus und er wusste wohl, dass diese nicht jeder haben oder hören möchte. *Miriam aber besteht wohl auf der Wahrheit*, denkt Jesus. *Was es jetzt auch kosten mag.*

Ich rufe der versammelten und der gerade offenherzigen Gemeinde zu: »»Ich höre es, mein liebes Volk. Ich höre Jesu Gedanken, das dürft Ihr mir glauben. Und er denkt, dass Miriam…Meine liebe Miriam««, rufe ich, noch lauter als es Jesus hier tut, in den Raum. »»Ich höre von Jesus, dass du in dieser Halle die Wahrheit über alles erfahren möchtest. Ist es so««?

Jesus schreitet ein, um Miriam nicht zu stur zur Antwort zu leiten: ››Glaube mir Jules. Es ist tatsächlich so. Ich habe dich zunächst unterschätzt, wo du dich gerade ein ganz Großer bist. Verzeih mir, meine schreckliche Unwissenheit. Ich habe es nicht wirklich erkannt, werde dich aber hier und jetzt vor Gott meinem Vater bekennen‹‹.

Und so legt Jesus seine Hände ineinander und betet laut ins Mikrophon.

››Gott im Himmel und auf Erden und überall wo du bist. Zunächst bitte ich dich um eine reine Sprache, wo ich doch das eine oder andere harsche Wort herausbringe. Also…Dieser junge Mann hat die Wahrheit in seinem Kopf und wir alle wissen, dass du denen mehr gibst an Talenten, die sich schon vor dir bewährt haben. Dieser Jules hier fühlt meine guten wie auch üblen Gedanken und hat sich damit vor mir bewährt. Er ist zum Wahrhaftigen geworden. Ich sehe, dass er meine roten Augen und mein krampfhaftes Lächeln hat und ich nehme diejenigen zu mir, die so sind wie ich vor kurzem noch aussah. Diese, lieber Gott, ziehe ich als erstes zu mir‹‹.

Ein Donnern grollt über das Gebäude hinweg, und alle Anwesenden erschaudern darüber, einige legen ihre Hand vor den Mund, weil sie Gottes Größe hier erkennen und sie fürchten. Andere aber fürchten gar nichts und tun gut daran, denn

Gott will keine ängstlichen Gläubigen unter sich haben, sondern solche, die mutig ihren starken Glauben ausleben. Es sind diejenigen den Zweiflern überlegen, die bedingungslos daran glauben, dass Gott um uns und in uns ist. Und Jesus, der unüberwindbare Herr, ist ebenso sehr viel wert, wenn er an sich als Jesus festhält. Dann wenn er es spürt Jesus zu sein. Kompliziert gesagt - und doch ist es die einfachste Sache der Welt: Jesus glaubt, hoffentlich unwiderruflich, an sich, und sollten Zweifel kommen, so wird Gott seinen Sohn und alle anderen, wieder auf die richtige Bahn bringen. Wenn Jesus hier in Hennochheim, in der Gemeinde, einmal zweifeln sollte, dann würde Gott diese Prüfung als nicht bestanden betiteln, denn nur ein glaubender Jesus ist ein starker Jesus.

So richtet sich Jesus mit breiter Brust auf und sagt weiter: »Lieber Gott Heiliger Geist. Ich möchte jetzt die liebe Miriam nicht vergessen, sie, die sie nach der Wahrheit strebt und diese nutzen möchte, um Menschen ihrer Wahrheit und einer Verbesserung zuzuführen.

Es ist nicht einfach, Menschen vor den Kopf zu stoßen, aber ich sehe, dass hier die Miriam ein schönes Einfühlungsvermögen in sich trägt und somit möchte ich jetzt nicht an ihr zweifeln.

So lege deinen Segen auf sie, einen Segen der Wahrheit. Sie möge ihre Augen weiten und damit die Realität erkennen und sie zurechtstutzen«.

Jesus winkt Miriam herbei und legt seine Hand auf ihren Scheitel. Er spricht mit einer großen Macht in der Stimme: »So sei es«.

Miriam öffnet ihre Augen ganz weit und sieht auf die erste Reihe der Holzbänke, hin zu Viviane, die sich zuvor schon als eine Spielerin entpuppt hat. Viviane hat verstanden wie man mit Jungs umzugehen hat, doch Miriam ist dem widerstrebend eingestellt. Sie geht ein paar Schritte auf Viviane zu und ruft anklagend und unwirsch: »Du bist nicht besser als Maria Magdalena«.

»Wie bitte«? schreit Viviane Miriam mit stark pochendem Herzen an.

»Ja, du. Du bist Maria Magdalena und wirst es immer bleiben. Ich aber sage dir das jetzt, sodass du dich ein wenig zurückhalten sollst den Männern gegenüber. Du spinnst dein Netz, fängst sie und frisst sie auf«.

Viviane sprintet zu Peter hinüber, reißt ihm sein Mikrophon aus der Hand und ruft lauthals hinein: »Du…«. Dann aber ergreift sie etwas, es muss das Gute im Menschen sein, was sie fortan beruhigt und so spricht sie die Gemeinde anders an: »Sie hat recht. Wir müssen uns belehren und zurechtweisen lassen und ich nehme diese Kritik an und möchte meine Finger von den Männern lassen, so wie es die Schwester hier vorschlägt. Aber…«

Der Vorsitzende Peter nimmt ihr das Mikrophon weg. »Ist schon gut. Du bist demütig und lässt es dir genügen, Kritik an dir äußern zu dürfen. Jetzt gehe wieder an deinen Platz zurück und entschuldige dich bei den jungen Herren. Ich konnte zunächst nicht glauben wie du mit ihnen spielst, aber Miriam hier hat die Gabe, die Wahrheit in uns sehen zu können und so sage ich: Gehe zu unseren Buben und bitte um Vergebung. Solltest du das in allem Stolz, den du hier an den Tag legst, nicht können, dann sollst du dich vorsehen, denn wir wissen, dass der Satan nicht weit ist«.

Ich spreche Peter ins Wort: »Nein, Peter. So wollen wir hier nicht vorgehen. Sie möge sich bei Markus und mir entschuldigen und wenn sie dies verneinen sollte, dann möge sie einfach keine Ehre mehr von uns erwarten. Sie wird eine Frau sein, die menschlich nicht geschätzt und nicht verehrt und geliebt wird. Das wird ihr Lohn sein, Peter. Aber den Teufel will ich hier nicht nennen und keiner hier sollte das mehr tun. Jesus hat für Reinheit gebetet und wir alle mögen es ihm schnellstens gleichtun«.

Viviane aber ist entsetzt, weil ihr die Ehre abgenommen werden soll. *Wie können die das mit mir*

141

machen? Mein Vater hält hier in der Gemeinde die bes-
ten Reden und Ihr wollt mich entehren. Der Teufel...

Der Teufel in Gestalt von Josef mischt nun mit, als er grausam dreinblickt. Seine Augenbrauen heben sich zu einem V und sein verwegener Mund spricht die Worte:

»Ja, meine Lieben. Der Teufel soll euch holen, denkt die junge, feine Dame hier. Könnt Ihr mir sagen warum sie das tut? Ist sie gar auf meiner Seite«? Seine Worte hallen in alle Richtungen und treffen auf die Wände.

Vivianes Vater erhebt sich nun geistesgegenwärtig und will unbedingt seine Tochter mit Wort und Tat verteidigen.

»Meine Tochter ist korrekt und integer. Wir dürfen ihr keine solche Vorwürfe machen. Ich glaube nicht was du sagst, Josef. Du scheinst hier eine junge Seele zurechtweisen zu wollen, wo es keinesfalls angebracht ist«.

Josef schraubt sich mit eigener Hilfe hoch, ist motiviert und leidenschaftlich. Fuchtelt mit den Armen und lästert Jesus: »Siehst du, selbst grausamer Jesus. Du bringst es nicht fertig Viviane Einhalt zu gebieten. Du Nichtsnutz«. Dabei schaut er Jesus tief in dessen blauen, großen Augen.

Als er offensichtlich bei dem ruhiggebliebenen Jesus nichts ausrichten kann, sieht er dem hageren, ausgelaugten aber großen Vater von Viviane, der im rückwertigen Raum steht, in dessen Augen. Josef strengt sich sehr an ihn anstoßen und beleidigen zu können. Würde er es schaffen? Dem bei der wirkendem Josef ist so Einiges möglich. Auch dies? Diesen gestandenen aber verletzlichen Vater als Instrument zu verwenden, ihn gegen alle aufzustacheln?

Nach wenigen Sekunden rennt Vivianes Vater mit zornigem, wütendem Blick, wohl von Satan angetrieben zum auch heute heiliggewordenen Jesus um diesem mit festem Griff an die Gurgel zu gehen. »Du verabscheuungswürdiges Geschöpf Gottes. Du sollst der wahre sein? Ich sehe zwar Zeichen, aber glauben kann ich dir nicht. Du hast hier den Teufel in die Runde gebracht…«

Jesus greift sich an die Stirn, denkt kurz nach und gesteht: »Der schlimme Teufel war schon vor mir bei euch, Bruder. Du nimmst hier den Falschen ins ewige Gericht«.

Jesus reicht dem aufgebrachten Vater seine schöne, zartfühlende Hand und flüstert ihm zu: »Sei mein getreuer Bruder, egal ob ich der wahre bin oder es nicht bin«.

Jesus kontert hier sehr schlau. Hat er eine hohe Intelligenz, hat er eine Hochbegabtenschule besucht und spricht er womöglich drei Sprachen perfekt? Zudem ist er mit der heiligen und furchtbaren Bibel sehr vertraut und versteht sich in

Psychologie. Seine Tage in dieser Gemeinde sind erst sehr wenige. Wird er hierbleiben? Wird er der nun aufgebrachten Menge – sicher gibt es auch viele Ausnahmen – spontan freundlich begegnen, oder wird er diese Gemeinde in Hennochheim in Kürze und mit erhobenem Haupt verlassen, um vielleicht sogar mit der betagten Manu und dem schlaugewordenen Jonas nach Summtal aufzubrechen?

Die Lage ist sehr heikel und die Gemeinde zerstritten und manche sind sehr konservativ eingestellt. Auch Josef, der sich hier als Satan aufspielt, ist mit einer altertümlichen Einstellung unterwegs und nimmt auch kein Blatt vor den Mund, jedem Querschläger entgegenzutreten.

Loyalität ist dem satanistischen Josef doch sehr wichtig. Er hat es ungemein gern, wenn der eine oder andere dieser Gemeinde ihn gernhat. Doch von Minute zu Minute gesellen sich mehr und mehr Mitglieder in ihren Gedanken und Gefühlen zu Jesus und zu dessen feuerbrünstigen Rede. Josef hat hier nichts mehr zu gewinnen, das steht sogleich fest, wie in Stein gemeißelt. Und was macht ein Wolf der nichts mehr zu verlieren oder zu gewinnen hat? Ja, er beißt zu. Direkt in den Hals, stößt er seine Zähne und saugt Blut aus seinen Feinden.

»Gut Jesus. Halte deine so gute Rede weiterhin und ich will dir zuhören und dir ein ehrbarer Freund sein«.

Hier pokert Josef wohl mit dem Heiligen, denn er muss wohl spüren, dass sich die Masse gegen ihn positioniert. Er kann es im Raum spüren, sieht einen blauen Schweif im Saal schweben. *Ist das der Heilige Geist? Kann ich dich sehen Gott Heiliger Geist? Wenn das so ist, dann glaube ich an dich und bedanke mich für dieses Zeichen. Nur lass mich nicht in Krankheit fallen, wie so viele, hier oder unten in meiner Hölle.*

Jesus konzentriert sich auf etwas. Was ist es denn? Was hat er sich einfallen lassen, gar etwas Wunderbares? Und so erschallt seine dunkle warme Stimme für Josef im Saal. Nur dieser kann jetzt Worte aus Jesu Seele im Raum hören und kniet dabei nieder. Er senkt sein Haupt und bekreuzigt sich mehrmals. »Ja, Josef. Es ist so: Ich habe dich erkannt, kann dich aber nicht bekennen, denn du wiegelst hier einen gegen den anderen auf und das in einem Gotteshaus. Schäme dich dafür«.

»Aber Hochwürden«, stammelt Josef nun aufwieglerisch. »Sie sind schlecht von Grund auf. Sie sind ein unreines Volk und nur die Buße vor dir mag sie bekehren«. Nun richtet er das Wort an die versammelte, verständig gewordene

Gemeinde: »Ihr unnützes und unreines Völkchen. Kniet vor mir nieder und tut Buße, so will euch Jesus bekehren, und lehren was es heißt ein guter Christ zu sein«.

Jesus möchte gerade dem harschen, mutigen und großen Josef antworten, doch ich komme ihm schnellstens zuvor, erhebe meine Hand und spreche: »Was heißt es denn ein guter Christ zu sein, Josef? Und wie sollen wir alle nur vor dir, einem wohl Heiligen, niederknien? Bist du ein Gesandter Gottes? So wie ich das sehe, sind diese Mitglieder nicht schlecht, sie sind gute Christen und Jesus ist – wenn ich ihm das von seinem kräftig gewordenen Gesicht ablese – sehr zufrieden und glücklich mit ihnen. Du aber verstörst alles und alle und suchst Ehre nur bei dir selbst, wo nicht mal der wiedergewonnene Jesus eine solche Ehre für sich verlangt. Sage mir Josef: Hat Jesus jemals so etwas von dir gefordert? Vor ihm niederzuknien? Nein, das hat er nicht, obwohl er es tun könnte, denn er ist im Alter mehr als du und ich, als wir alle hier«.

Josef erhebt sich, runzelt die Stirn und hustet in seine linke Hand hinein. Sodann erklimmt er die Stufen, hinauf zur Kanzel, nachdem Peter ihm sein Mikrophon verwehrt hat. Genervt und aufgewiegelt steht er nun neben Jesus und ruft in dessen

Mikrophon: »Meine schrecklichen Lieben. Ich bin nur Gott Heiliger Geist Rechenschaft schuldig. Nicht mal der hier wohl anwesende Jesus kann größer sein als ich. Ich war, bevor Jesus war«.

Josef, der sich als der Teufel aufspielt, gibt sein Bestes, und das ist eine Lüge. Er sei also geschaffen worden bevor Jesus geschaffen worden war? Das ist also seine unumstößliche, schrecklich falsche Meinung? Er weiß selbst gut genug, dass er in dieser Sekunde der Lüge anheimfällt und doch gibt er sich selbst die Ehre, um mit seiner Fantasie die Herzen und die Seelen der Mitglieder mit bösen Worten einzufangen und sie derart zu verschmutzen, dass kein Deut Liebe in ihnen sein soll.

Einige Mitglieder schauen mitfühlend zu Josef, und ihre Herzen bleiben für das Gute verwehrt, sie sind hart wie Stein, ihre Gesichter sind blass und ihre Haare zerzaust. Verrückt sind sie geworden. Doch sehr viele sind, in dieser Stunde, beherzt mit dem Guten und den Worten Jesu verbunden.

Sie strahlen wie der Weißhaarige und sie haben ihr Herz weit geöffnet für die Zeichen Christi im folgenden Augenblick.

Jesus ergreift die goldene, kreuztragende Reliquie, stößt sie mit der Hand in die Höhe und ruft:

»Gelobt sei Gott allein, und der Heilige Gottes sitzt zu seiner Rechten und er ist der Führer der Gläubigen und er gibt ihnen das Himmelreich als Erbe. Also meine Lieben…«

Er stellt die Reliquie wieder ganz umsichtig auf die Kanzel und die Sonne streichelt sie und wirft ein Licht auf den Eingang des Saales am Ende des Ganges. Ein etwa zehnjähriges, süßes Kind kommt durch die Türe, wohl ganz zufällig. Doch wer ist dieses Kind? Dieses Mädchen im kleinen, weißen Kleid? Und worauf möchte Jesus mit diesem Zeichen von der Sonne hindeuten? Seid wie die Kinder?

Jesus erklärt sofort, ausführlich, worauf er mit dem Licht auf dem Mädchen deuten will und so spricht er ins Mikrophon: »Denn wenn Ihr seid wie die Kinder, so werdet ihr das Erbe erhalten. Doch, meine Lieben, was ist das Erbe? Worauf könnt Ihr euch freuen? Es ist ganz einfach: Der Himmel ist schon hier, auf Erden. Und Ihr dürft hier und jetzt diese Welt und den Himmel erben. Der Himmel auf Erden aber, das sind eure Herzen. So eure Herzen denn schön und liebevoll sind, so erbt Ihr schon jetzt und hier die Welt. Werdet viele unter der Bevölkerung, habt christliche Weisheit und schöne Rede und spürt – nicht zu spät –, nein, spürt jetzt was ich spüre«.

Jesus senkt bedächtig und langsam den Kopf und seine nun goldenen Augen glänzen wie die eines Fohlens das gerade zur Welt kommt. Einige Mitglieder erheben sich und einer ruft laut und fanatisch in den Raum: »Du bist das Fohlen«. Ein andere ruft: »Du bist das Lamm«. Und Josef kann sich nicht mehr zurückhalten, und ruft wie von diesem Fanatismus ergriffen: »Ihr möget an ihn glauben. Er ist es. Er ist das Lamm, das dahingegeben wurde ans Kreuz um für euch zu sterben. Wir haben es so beschlossen, und er starb somit für euch alle, damit Ihr eure Fehler anseht und um Vergebung bittet bei mir«.

Einige erkennen die Rede, hat Josef doch tatsächlich gesagt, er wäre dabei gewesen als man den Tod Jesu besprochen habe. Und so ruft einer: »Schweige«.

Doch Jesus legt den Arm um Josef und flüstert ein geheimnisvolles Gebet in dessen Ohr hinein. Doch der Inhalt bleibt uns, und allen anderen bis in alle Ewigkeit und in aller Verderbnis verborgen.

Eine weitere Stimme ruft nun; »Jesus, sei unser heiliger, teurer Meister. Gehe mit uns den Weg der Schönheit und verklage den schrecklich alten und furchtbaren Teufel für uns«. Jesus hört nun auch einige Engel im Saal, die Ähnliches vor ihn hin flüstern.

Jesus fühlt sich geehrt und verstanden. Die Mitglieder haben in großer Anzahl seine Meisterschaft wohl in ihren Herzen bestätigt, denn viele lächeln in den Raum zu Jesus hinauf, einige lächeln auch Josef zu, der versucht sich zu retten und beherzt zu Jesus spricht:

»Ehre sei mir, mein Bruder«.

»Du nennst mich Bruder«? fragt Jesus ihn. »Ich wäre gern ein wundervoller Bruder für dich, Josef. Doch dein Hochmut sollte sich von meiner Liebe einfangen lassen«.

Josef: »Ich bin es, ich fange die Leute hier im Saal sogleich ein, und führe sie dem letzten Gericht zu«.

Jesus: »Nun, Josef. Du sprichst hier dein eigenes Gericht an, nicht unseres. Denn du richtest viele in die Hölle hinein, auch solche, die dem Himmel guttun würden«.

»Woher willst du das denn wissen«? fragt ihn Josef keck, denn er ist ist in dieser Minute nicht dumm, nicht auf den Kopf gefallen. Woher soll Jesus tatsächlich wissen, dass es viele gibt, die nicht in die Hölle hineingehören, sich aber durch den Satan dazu richten lassen, in die Hölle einzufahren?

»Ich spüre es, Josef. Ich sehe in deine Augen und erkenne, dass du ein Richter geworden bist. Ich brauche nur eins und eins zusammenzuzählen und weiß, dass du viele falsch richtest in deinem Zorn. Wo du doch überhaupt niemanden angehen darfst. Du nimmst dir Rechte heraus, die sich nicht einmal die Engel gestatten, wo sie doch alt und wunderschön sind. Ich rede hier von den guten Engeln, nicht von deinen schrecklichen Zeitgenossen unter der Erde, dort wo deine Hölle und dein Verlies sitzen«.

Josef rümpft die Nase und streicht sich durchs Haar. Als er Jesus nun direkt ansieht, um ihn zu mustern, um in Erfahrung zu bringen, mit wem er es da charakterlich zu tun hat, da grinst Jesus und sagt:

»Meine Lieben. Möchten wir dem Satan als Freund begegnen? Was sagt Ihr? Ist unsere Gerechtigkeit größer als unsere Gnade oder können wir ihm vergeben für all die Gräueltaten die er begeht?

Können wir unsere Feindschaft endlich wegwerfen und ihn bedauern und lieben?

Wollen wir jetzt ja zu ihm sagen: Ja, wir lieben dich, Josef«?

Einige Mitglieder verwundern sich. Wieso spricht Jesus über den Teufel und meint damit Josef? Ist Jesus verrückt geworden? Ist seine Weisheit wahr oder hegt dieser Jesus eine wunderbare Fantasie?

Die Lage ist nicht aussichtslos, denn Jesus stehen unter anderem Manu, Jonas, Peter und ich bei. Wir sind jung wie er und wir haben die Heilige Schrift in unseren Blutbahnen.

Es gibt da aber auch noch die jungfräuliche und doch ausgefuchste Viviane. Sie hat mit Jesus und mir gespielt und sie könnte sich jetzt bewähren, als eine Schwester unter uns Gläubigen.

Viviane sitzt in der ersten Reihe links und als sie ihre Zeit gekommen sieht, erhebt sie sich und kommt ganz zartbesaitet zu mir hinüber, der ich auf der anderen Seite, bei den Männern, sitze.

Was ist ihre Intension? frage ich mich. Hat sie begriffen, dass sie ihre Intelligenz nicht so ausspielen darf? Sie scheint in diesen Minuten zu sehen, dass Markus und ich uns in unserer Art und Weise vergrößert haben und so muss sie uns keinen Streich mehr spielen. Sie meint: »Jules. Gehen wir da hoch«?

Ich erhebe sich ebenso und nicke ihr zu, da ich ihre Art als verständig und weise in ihrem Gesicht spüre. Alsbald erreichen wir die Treppe zur

Kanzel – zuvor schnappt sich Viviane flugs und spontan Peters Mikrophon.

»Meine Lieben«, sagt die – von mir erkannt - sanft betuchte Viviane.

»Ich habe nicht immer richtig gehandelt, dieser Josef aber – erkennt Ihr ihn denn nicht? –, der hat hier nur seine Ehre gesucht. Wir sollen ihn also um Vergebung bitten für unsere Sünden? Wer ist er, dass er das fordert? Gott«?

»Ja«, schreit Josef. »Ich bin wie Gott«.

Dabei zuckt Viviane erschrocken und gebrochen zusammen und legt ihren angsterfüllten Blick in Richtung Boden.

Meine Schwester Miriam schreitet ein: »Wir alle sind wie Gott, denn er hat uns nach seinem Bild erschaffen«.

Der alte Weißhaarige steht zitternd und gebrechlich auf und lobt Miriams Satz: »Wie schön und wie richtig«.

Josef aber winkt Miriam herrschsüchtig zu sich. Sie läuft mit mutigen Schritten und kräftigem Charakter zu ihm hinauf und ruft hellstimmig ins Mikrophon der Kanzel: »Wir sind Kinder Gottes. Wir alle. Warum soll uns deshalb nicht irgendwann möglich sein Großes zu tun? Hier seht her. Mein Bruder Jules. Er hat mit Geistern gekämpft, nachdem er schizophren geworden war. Er hat eine große Gabe. Er ist nicht krank. Er ist wunderbar. Und wenn wir solche Gaben hätten, dann würden wir lernen mit dem Bösen zurechtzukommen«.

Josef fuchtelt wie von einer Flamme angezündet mit seinen Armen und spricht: »Ihr braucht gar nicht mit dem Bösen zurechtzukommen. Ihr müsst nur auf die Knie vor mir niederfallen, dann ist alles gut«.

Einer ruft laut und wie in einem Film aus der Menge: »Das hättest du wohl gern. Ein elender Freund warst du all die Jahre«.

Josef verrennt sich hier von Augenblick zu Augenblick. Seine Leidenschaft, eine Herrschaft ausüben zu wollen, ist ungebändigt und groß. Was er dabei nicht versteht ist, dass viele der Leute hier nicht dumm und nicht naiv sind. Sie bemerken was er fordert. Nur eine Handvoll Mitglieder schauen mit einem blinden und unmenschlichen Auge auf Josef, der schon in der Körpersprache einen bösartigen Helden spielt.

10. KAPITEL
Die Entscheidung

Die eben erwähnten Mitglieder, jene die den Teufel gut finden – aus welchen Gründen auch immer –, erheben sich und laufen zu Josef, stehen hinter ihm, körperlich wie geistig. Andere sehen das und laufen zum erstaunten und verdrießlich dreinschauenden Peter, dem Vorsteher der Gemeinde. Peter aber stellt sich schnellstens zu Jesus dazu. Der alte Weißhaarige erhebt sich von der Holzbank und stellt sich mit schweren Füßen zu Jesus. Er weiß wohl, dass Jesus kein übler Kerl ist und räuspert sich sanft und klangvoll. Miriam, Viviane, Manu und Jonas haben sich ebenfalls an Jesu Seite gestellt und einige von ihnen schauen mit runzelnder Stirn auf die Ereignisse. Ausharrend, was der Böse sich noch ausdenken wird, sind sie noch skeptisch, wissen nicht wer oder was hier den Sieg davontragen würde.

Wir haben hier also zwei verschiedene Gruppen, zwei Gegner. Die eine Gruppe ist für den Teufel und seiner so brutalen Anhängerschaft, ob sie nun in der Hölle schmoren oder als böse Engel auf der Erde wandeln und ihr Unwesen treiben. Diese Leute wissen von nichts, was das Menschliche anbelangt. Sie sind ganz ausgenommen von der Wahrheit, wie wir sie sehen und im Großen und Ganzen erkennen. Sie träumen von Tag zu Tag, den ganzen Tag hindurch, ohne den Moment zu fühlen und auszunutzen. Sie haben sich abgekoppelt vom Leben, wie ich es hier verstanden habe. Wie ich es führe, ganz im Sinne der Großen in der Geschichte der Vergangenheit und der Gegenwart. Der Weißhaarige und andere Ältere sind da Vorbild und haben uns gestärkt im Glauben an uns und im Glauben an unsere Brüder und Schwestern. Dies ist die zweite Gruppe, die Christus anhängt. Dem Erlöser vom Bösen, der für das ewige Leben, auch nach dem Tod, steht. Es sind Peter und Josef, die im Augenblick die Herrschaft über diese beiden Gruppen haben, da sie beide jeweils ein Mikrophon in den Händen halten. Und beide nutzen diese Gelegenheit, etwas lauter werden zu dürfen. Peter hebt die Arme in die Höhe, ist demütig und wirkt, vom Sonnenstrahl, geläutert.

Den ersten Ton krächzt er, dann aber ist er todesmutig: »Kommt herbei, die Ihr mühselig und beladen seid. Ich will euch erquicken. Steht zu mir, bleibt beim Guten, liebe Brüder und Schwestern. Kommt hoch zu uns und belebt uns mit Freude‹‹.

Noch zwei weitere Dutzend Mitglieder erreichen nun die Treppen, die zur Kanzel hinaufführen. Es hat sich da oben eine Menge versammelt, die die Kanzel unsichtbar macht. Ich aber steige auf die Kanzel und peitsche mit Armbewegungen die Menge an.

Einige rufen etwas. Der eine sagt: »Wir sind die Engel Gottes«. Ein anderer meint, er sei Christi Bruder und werde die Meisterschaft erlangen, weil Jesus Christus für ihn da sei.

Jesus bestärkt, gegen den Teufel, aufhetzend: »Ja, Bruder. Heute wirst du mit mir in das Paradies eingehen. Die Jahre sind gezählt und der Tag gekommen, da wir uns freuen dürfen über die Engel des Himmels, und da der Böse keinen Stich mehr auf unsere Brust ansetzen kann««.

Der Teufel, Josef, spricht wütend und tiefstimmig dagegen an: »Du glaubst tatsächlich wir werden heute das Paradies sehen? Du Dummkopf, Markus. Alles bleibt gefälligst wie es ist««.

Josef spricht hier Jesus mit seinem bürgerlichen Namen Markus an. Er hat wohl allen Respekt vor ihm verloren und maßt sich an, mit Worten Jesus fangen zu können. Dieser aber ist nicht auf den Kopf gefallen, auch wenn er noch jung ist.

»Josef. Sieh zur Decke hinauf und siehe dort das Paradies als Vision für die Zukunft nach dem Tod. Da oben prangt das Bild, es glänzt und ist nun für alle sichtbar gemacht. Das ist es was ich sage. Ich sage aber nicht wir werden das Paradies hier und heute auf der Erde haben dürfen«.

Josef: »Du redest dich hier heraus«.

Ich gestehe: »Es ist vielleicht ein wenig verwirrend was er sagt, und dennoch spricht Markus die Wahrheit«.

Josef: »Markus ist auch nur ein Mensch, du Unverständiger. Ich aber bin größer als das. Bin mächtiger als jedes andere Lebewesen«.

Ich zwicke Josef kräftig in den Arm. Dabei erschrickt er und schreit lauthals »Aua«. Das hat er jetzt nicht erwartet. »Das ist der Beweis, dass auch du Mensch bist.

Josef sieht zur Decke und erkennt ein Bild, wie ein Fresko von Michelangelo. Engel mit Lanzen bekämpfen darauf Dämonen mit schwarzen Schwänzen und roten Hörnern auf dem Kopf. Über ihnen schwebt eine Gestalt, es ist aber eher ein Licht mit verschiedenen Farben, wie ihn der Heilige Geist wohl hat. Ich sehe, durch den Teufel angeregt, ebenso zur Decke.

Dann verändert sich die Vision, das Bild.

Plötzlich sehen wir nur noch die Engel und den Heiligen Geist und einen hellblauen Himmel über ihnen. Der Heilige Geist ruft mit warmer, schöner Stimme für alle hörbar: »Josef. Komm wieder an unsere Seite. Es ist noch Zeit dafür. Glaube nicht, du bist der Teufel, denn der bist du nicht. Dieser Jesus aber hier, der ist der wahre Meister. Du hast einen Wahn, er aber die Wahrheit«.

Josef rechtfertigt sich, sieht zur Decke und brüllt den Heiligen Geist an: »Ich bin aber der Satan. Ich spüre es doch. Gib mir Zeichen, Gott Heiliger Geist. Ein Zeichen, dass ich Satan bin«.

Doch Gott Heiliger Geist gibt ihm hierauf kein Zeichen. Gott Heiliger Geist schweigt für einen Moment, dann aber fügt er belehrend an: »Josef. Du solltest dich was schämen immer noch als Gegner aufzutreten. Der Teufel ist längst geschlagen. Es ist Jules, der ihn vor zwei Jahren mit Klugheit und Liebe geschlagen hat und ihn weich gemacht hat. Du aber bist immer noch hart in Wort und Tat«.

Josef sieht verwundert drein. Was es bedeuten mag, der Teufel sci weich geworden und geschlagen?

Ich gestehe ein: »Ich habe wirklich geglaubt, dass du der Teufel bist. Ich es hätte besser wissen müssen, da ich diesen Bengel aus der Hölle denn schon vor zwei Jahren getroffen habe, und dennoch hätte es auch gut sein können, dass der Bösewicht aus der Hölle sich verändern kann. Also vergib mir dafür, Gott Heiliger Geist.«.

Um ihm nun aber Josef eine Antwort zu geben, lässt sich Gott Heiliger Geist etwas einfallen.

Im nächsten Augenblick kommt ein großer Dämon in den Saal herein, bewaffnet mit Hörnern am Kopf und einem langen Schwanz, den er hinterher zieht. Josef freut sich an diesem Anblick, doch er hat die Rechnung nicht mit Gott gemacht, denn dieser Dämon ist etwas ganz Besonderes.

Der schreckliche Dämon ruft in den Saal: »Josef. Sieh her. Ich bin es. Ich bin Satan und ich bin wieder an Gottes Seite. Du aber hast dich nur einem Wahn hingegeben, denkst doch tatsächlich du bist ich«.

»Aber…gnädiger und großer Meister« ruft Josef und kniet nieder, senkt seinen Kopf zum Boden hin und beginnt zu weinen und zu schluchzen:

»Ich habe es doch nur gut gemeint«. Josef hat es also eingesehen, just da, als der Bösewicht aus der Menschheitsgeschichte hier und jetzt auftaucht.

»Nein«, sagt der echte, auch für mich wiedererkannte Teufel und zeigt nun mit seiner Kralle auf mich. »Dieser hier, Jules, der hat es nur gut gemeint und hat mich vor zwei Jahren zu seinem Freund gemacht. Du aber führst dich hier auf wie eine Schlange und ein Drache. Und ich weiß was das bedeutet, schließlich war ich genauso wie du es jetzt bist…sieh her, Josef«.

Der Satan entkleidet sich, steht nun nackt vor allen da. Plötzlich verändert sich seine schuppige, schlangenartige Haut zu einer menschlichen weichen Haut und seine Hörner versenken sich im Kopf und sind nicht mehr zu sehen. Sein Schwanz fällt ihm ab und liegt nur noch auf dem Teppichboden und er hat nun eine schöne, glänzende Anmut und Art an sich, wie ein edelmütiger Handelsvertreter.

»Siehst du nun, dass ich mich verändert habe? Siehst du, dass das Gute möglich ist, dass Freundschaft möglich ist«?

Tatsächlich hatte ich ihn vor zwei Jahren, als ich mit vierzehn Jahren krank und schizophren geworden war, bekämpft, und ihn mit meiner Liebe erobert. Und der Teufel hat sich auch heute noch darauf eingelassen, ist nach vielen Jahrhunderten wieder an Gottes Seite getreten. Der Aufzug gerade eben war nur ein Zeichen, denn der Teufel sieht schon seit Monaten wieder menschlich aus. Er wollte aber Josef zeigen wer er war und wer er geworden ist und Josef soll nun dieses Zeichen ernst nehmen, dem Bösen abschwören, und sich an Gott Heiligen Geist wenden und ihn im Gebet um Verzeihung bitten. Denn auch solchen gehört das Erbe Gottes, das Himmelreich. Diejenigen, die sich bessern und gut und schön werden im Herzen mit Wort und Tat.

Josef fährt sich mit dem Handrücken über den Mund und meint mit grober Stimme und großgewordenen Augen: »Ich habe nicht damit angefangen böse zu sein. Du warst es, Teufel! Im Grunde bin ich immer gut gewesen, denn ich habe den Mitgliedern hier nur ihre Wahrheit gezeigt«.

»Das meinst du aber nicht ernsthaft«.

»Doch das meine ich so«, spricht Josef. »Ich richte nicht, ich züchtige nicht. Ich weise nur meine Brüder und Schwestern zurecht, was von der Bibel ausdrücklich, wenn auch furchtbar, gefordert wird. Ich stehe also im Namen Gottes, des Wunderbaren, hier vor euch«.

Josef gibt sich hier unschuldig. Möchte er nur den Schaden begrenzen, den er hier angerichtet hat? Vielleicht würde er sich in gutem Licht darstellen wollen, es scheint plötzlich tatsächlich so. Denn unvermittelt nickt Josefs verstorbene Frau zu ihm hinüber, was er als großes Zeichen erkennt., da er bislang noch keine Toten sehen konnte. Und so weiß er jetzt wohl, dass er das Richtige, das einzig Richtige tut, wenn er sich hier weicher und gutmütiger geben sollte.

»Nun gut, Josef«, sagt der Teufel. »Ich möchte nicht weiter auf dich einreden. Du scheinst nun besser zu sein als dein Ruf es hergibt. Willst du nun ein guter Mensch sein«?

»Ich bin schon immer ein guter Mensch«.

Das ist also doch seine Wahrheit. Doch soll ich jetzt dagegen wetteifern oder den besseren Weg, den Weg der Vergebung wählen? Soll ich ihn ausradieren, ihn seines Mutes berauben, mit Worten der Kraft, oder stehe ich ihm mit Liebe bei, einer Liebe, die er nie gekannt hat?

Ich trete eine Stufe herunter und rufe in Peters Mikrophon: »Ich will es ihm glauben. Er scheint hier Buße zu tun ohne seine Ehre zu verlieren«. Ich lüge, dass sich die Balken biegen und spreche weiter zur Menge: »Also, warum redet Ihr noch auf ihn ein? Er ist bereits in diesem Moment einer von uns, also nehmen wir ihn an und geben ihm ein Stück Liebe und Freude«.

Der barfüßige, nackte echte Teufel kommt auf mich zu, lächelt verschmitzt, und zwinkert mir spontan zu. »Mein Freund. Gut dich hier zu sehen. Gott hat mich hierhergeschickt. Was für ein Zufall, dass auch du zugegen bist«.

»Ich freue mich auch dich zu sehen. Meine Familie ist auch hier und sehe da…Markus. Er ist der Meister«.

»Nun. Ich dachte nicht, dass du dem Meister so anhängen würdest, schließlich scheinst du mir dein eigener Meister zu sein, nachdem du du von Geistern geschlagen wurdest, die dich ganz düster haben werden lassen. Doch dann bist du erheblich stärker und mächtiger geworden«.

»Nein, Satan. Ich bin zwar groß geworden, aber ich bin nicht Christus. Bleiben wir doch bei der Wahrheit. Ich habe wirklich verzweifelt mit den Geistern, aber ich habe mich heute nicht von Gott und Jesus losgesagt«.

Eine Stimme im Raum, die nur ich zu vernehmen scheine, und es ist wohl Gott Heiliger Geist, der da von der Decke herunterruft: »Und das rechne ich dir hoch an, Jules. Du bist Jesus schon ein wenig ähnlich geworden und hier wartet dein Erbe auf dich, wenn du eines Tages zu mir in den Himmel kommst«.

Ich lächele wie ein Kind bei seinem Geburtstag und umarme meinen Freund Jesus. Miriam schreitet dazu und umarmt nun Jesus und mich. Manu und Jonas berühren sich an den Händen und treten vor das Mikrophon der Kanzel.

»Meine Lieben«, sagt Jonas. »Es ist vollbracht. Das Böse ist wieder einmal gut geworden. Wer hätte das gedacht. Und wer hätte gedacht, dass der Teufel nicht der Teufel ist und dass Jesus tatsächlich Jesus ist«?

Die goldene Reliquie liegt ruhig auf dem Boden, als ich sie aufhebe, sie mit den Händen umschlinge und um Freude bei Gott bitte. »Mein Gott Heiliger Geist. Ich sehe diese Gemeinde braucht mehr Freude und ich möchte sie annehmen und diese Freude austeilen. Was sagst du dazu, Gott«?

Der umsichtige Jesus sieht und hört mich, kommt herüber und umfasst nun, mit mir zusammen, die kreuzförmige Statue, die sich sofort warm anfühlt und hell glänzt. Als die Menge sieht wie Jesus zu lächeln beginnt, hören nun alle die Stimme Gottes im Saal von der Decke herunterschallen. »Mein Volk. Ein jeder der Freude braucht soll jetzt und hier diese heilige Reliquie berühren und ein jeder hier wird von Freude erfüllt sein, wenn er denn daran glaubt«.

Viviane und ihre Schwester Pauline sind die ersten die dazukommen und ihre Hände auf die Reliquie legen. Es folgen weitere Mitglieder. Diejenigen die sie berühren, lächeln ungemein, schreiten sodann wieder zur Seite um den anderen Freudesuchenden Platz zu machen. Und so sind es immer drei oder vier zur selben Zeit die die Reliquie umfassen und bald steht die gesamte Gemeinde vor Altar, Kanzel und Treppe, erfüllt von Freude und der Schönheit des Heiligen Geistes.

Josef geht auf die Knie, flüstert ein kurzes aber kräftiges Gebet und bekreuzigt sich mit seiner

Rechten vor seiner Stirn. Als er ein Licht von der Reliquie ausgehend sieht, ein großes, mächtiges solches, da kann er nicht anders als ebenso hinaufzugehen, um die heilige Statue mit seiner klobigen Hand zu umfassen. Seine Handinnenfläche glüht und ich sehe ein rotes Licht darunter. Josef sieht es wohl ebenso, denn ein Lächeln kann er vor mir einfach nicht verbergen.

Gott sei Dank, denke ich bei mir. »Jonas` Worte sind doch Wirklichkeit geworden und das Böse besiegt«.

Jetzt strahlt der zuvor garstige Josef, jahrelanges Mitglied der Gemeinde und nun Geläuterter, offensichtlich in meinen Augen.

Ich trete an ihn heran und zwicke ihm in die Seite.

»Dies ist das Zeichen vom Lanzenstoß in die Seite von Jesus. Glaube nun an Jesus und glaube auch, dass er der Ewige ist, von Anfang bis Ende, in alle Himmel und auf der Erde«.

Josef grinst in sich hinein. Ich verstehe ihn einfach nicht, er ist entweder gut oder böse, oder aber beides zugleich.

Der echte Teufel aber schickt sich an, Josef nun auf Augenhöhe zu begegnen und streichelt dem falschen Satan über seine linke, breite Hüfte.

»Du mögest jetzt deine Falschheit ablegen, denn keiner ist schlimmer als ich es war, und auch ich habe mich dem Guten zugewandt, mein Freund.

Du darfst das alles hier nochmals überdenken, und sehe wie du gerade gestrahlt hast. Also, was ist dein verdammtes Problem«?

Jesus hört das unwirsche Wort ›verdammt‹ und ist sich nicht zu schade einzugreifen, mit aller Barmherzigkeit Josef gegenüber. »Wer sich anschickt gut zu werden, wo er zuvor übel war, der tut mir einen großen Gefallen, denn ich brauche all diese Feinde nicht in meinem Leben. So nehmt diesen auf, wie Ihr heute mich aufgenommen habt, mit aller Güte und Liebe und steckt alle Kraft in dieses Projekt Kirchengemeinde hinein«.

»Leute«, sagt Peter, der Älteste dieser Kirche. »Wir haben gerade doch alle diese Freude in uns gespürt. Wollen wir erneut den Hass in uns lassen, wo der heilige Jesus in unserer Halle zugegen ist«?

Jesus senkt sein Haupt, spickt dann aber zur Menge hoch und spricht wie ein großer Meister, mit den Händen ausholend und mit dem Wort aus einer tiefen Stimme:

»Ich möchte mich hier nicht höherstellen als ich es bin, und dennoch mag ich eure Aufmerksamkeit mir gegenüber. Jahrelang war ich ein Niemand und heute habt Ihr mir die Ehre zuteilwerden lassen und mich gelobt bis in den Himmel«.

Ich antworte schnell: »Du hast es dir verdient, lieber Herr. Wer könnte ein besserer Jesus sein, wenn nicht ein Schüchterner und Geschlagener«? Jesus hat sich angeschickt, mit sehr viel Geduld und mit enormer Kraft hier groß aufzutreten, zudem ist er sehr zufrieden, dass ich den werten echten Teufel schon vor zwei Jahren zur Liebe geführt habe. Ich kann nicht klagen, denn Freude erfüllt meine Bauchgegend und Freude erfüllt den Saal. Es ist eine Atmosphäre wie ein Spaziergang auf dem Mond und Jesus ist das Raumshuttle, das uns sehr weit, bis zum Mond, bringen wird.

11.KAPITEL

Die Wiese

»So meine Freunde«, sagt Jesus auf einer Wiese sitzend, flankiert wird er von den Jugendlichen dieser und jener Gemeinde, die sich die Ohren spitzstellen.

Das Gras ist ziemlich hoch, doch nicht zu hoch dafür, dass alle sich gegenseitig sehen können.

»Also, Ihr habt alle gesehen was Josef in unserer Gemeinde so angestellt hat und doch haben wir durchgehalten und hoch seid Ihr alle gepriesen in meinem Namen. Ich brauche den Bösen nun nicht mehr zu verdammen, denn ich sehe ein, dass Hass nur durch Liebe bekämpft werden kann. Gewiss, gibt es Notsituationen, wo ich noch eingreifen will mit Worten der Zurechtweisung, aber schließlich ist Gott Liebe und die Liebe ist in Gott«.

Manu erhebt sich von der Wiese und dreht sich im Kreis, um sich herum. Dabei ruft sie: »Schön, dass Jesus bei uns ist. Ich kann deine Liebe förmlich in der Luft spüren, mein teurer Herr«.

Jonas schaltet sich nicht minder weise ein:
»Ich scheue den Teufel nicht mehr, denn du, unser lieber Jules, hast ihn zahm gemacht, und Josef,

der sich als falscher Satan herausgestellt hat, den kriegt Ihr schon weiterhin in den Griff. Haltet ihn in Ehren, aber nehmt ihm das übersteigerte Selbstbewusstsein, denn keiner sollte so groß sein wie Gott«.

Jonas zwinkert mir geflissentlich zu und setzt sich wieder auf die schöne, dankbare Wiese, die blüht wie der Himmel in den Wolken. Er hat ein Gesicht wie ein zehnjähriger und ein Verhalten wie ein zwölfjähriger, jedoch klingen seine Sätze sehr erwachsen, auch wenn kindliche Naivität in ihm drinsteckt. Ich kann ihm da keinen Strick daraus binden, denn auch ich bin in der Seele ein vierzehnjähriger, der den Gepflogenheiten eines erwachsenen Gespräches nicht standhält. Wir alle hier auf der Wiese sind noch Kinder vor dem Herrn und in den Augen unserer Eltern, die immer noch nach uns spicken müssen. Claude und Mathilde machen sich nichts daraus mir weiter hinterher zu schnüffeln und ich danke es ihnen stets, indem ich immer bescheid gebe wo ich hinwill an dem einen oder anderen Tag.

Meine Geschwister Miriam und Simon, sind mir nicht mehr weit überlegen, denn ich habe mich ihrem geistigen Alter angepasst. Und Jonas und Manu sind weiterhin ein Paar, auch wenn mir der naive Jonas doch als sehr klein und schmächtig vorkommt. Doch das muss Manu selbst mit sich ausmachen, mit wem sie zusammen sein möchte.

Josef betritt die Wiese und gibt sich kleinlaut, geht irgendwie etwas geduckt vor die Gruppe und möchte wohl etwas eloquentes aussagen, als er die Reliquie aus seiner Aktentasche hervorholt:
»Mein liebes Völkchen. Ich bin hier der einzige Erwachsene aber ich habe eine gute Idee. So nehmt das Licht in euch auf, das diese Reliquie seit zehn Minuten abgibt und stärkt euch damit in dem Glauben Jesu Jünger und Gottes Kinder zu sein«.
Josef streckt die Reliquie vor sich hinaus und ein gelber Schein geht aus ihr hervor. Dieser Schein macht sich nun immer breiter, erfasst schon nach wenigen Sekunden einen Umkreis von einigen Metern und hat sich demnach in die Herzen der Versammelten hineingeschwungen.
Manu lächelt und erhebt sich, geht auf Josef zu und sagt: »Du redest gut und recht, mein Bruder, allerdings kannst du nicht wissen, was dieses Licht hier zu tun vermag. Ob es der Glaube ist oder nur die Freude? Woher weißt du das«?
»Ich spüre es, Manu. Ich bin alt genug geworden, um das zu spüren«.
Ich schalte mich ein, stehe von der Wiese auf und meine, der gute Josef habe sehr gut gesprochen

und man solle ihm jetzt nicht immer wieder Bösartigkeit unterstellen. Ich umfasse die Reliquie und habe Glauben, der sogleich bestätigt wird, als denn Jesus einen Heiligenschein über seinem Kopf scheinen hat. »Ich wusste es«, sage ich. »Ich wusste…«, sage ich noch lauter, «dass mir und euch ein Zeichen gegeben wird, dass nämlich die Reliquie nicht nur Freude sondern auch inbrünstigen Glauben an uns weitergibt. Wer sieht nicht das Zeichen auf Jesu Kopf, der möge sich nun melden, oder er sieht es doch, so möge er es genießen und schweigen«.

Da alle schweigen, umarme ich den heiligen Jesus, gebe ihm einen kräftigen Kuss auf die Wange und bereite mich geistig darauf vor wieder zu meiner leiblichen Familie zu gehen. Denn auch wenn dies hier meine geistige Familie geworden ist, so sind doch meine Geschwister und Eltern wichtige Leute für mich, immer gewesen, und sie werden es für immer für mich bleiben.

Der anwesende Jesus sieht mir im Gesicht eine Sehnsucht an und komplimentiert mich mit ausufernden Armen und kräftiger Stimme zu meiner Familie hinweg und ich nehme die Situation gerne an und verabschiede mich von allen jugendlichen Mitgliedern dieser und jener Gemeinde.

Als ich den Weg nach Hause zu Fuß nehme ruft Jesus mir noch hinterher:

»Mein lieber, hier, nehme die Reliquie an dich und wenn wir sie in der Gemeinde weiterhin gebrauchen können, dann weiß ich sie in sicheren und guten Händen und du darfst sie immer dann mitbringen, wenn du spürst, dass wir Brüder und Schwestern sie benötigen«.

Ich nehme die goldene Statue an mich und grinse ungewöhnlich. »Du wirst doch kein Schindluder damit betreiben, Jules«?

»Nein, nein Jesus. Ich habe nur irgendwie etwas gedacht, etwas Ungewöhnliches und vielleicht auch Schauderhaftes, doch deine aufbauenden Worte nehme ich gerne und mit viel Liebe und Dankbarkeit für mich auf. Ich habe dich lieb, Jesus und ich habe die Welt lieb«.

»Wenn du das aus dem Herzen heraussagst, dann bist du mein teurer Bruder und ein angenehmer Herr für viele andere Kinder, aber auch für die Erwachsenen«.

Und der Tag ging, und ein anderer noch besserer Tag würde kommen, wenn Alle Liebe, Freude und Glauben für sich vereinnahmen würden mit aller Kraft unseres Gottes.

Das Abendrot zeigt die Leidenschaft des Himmels mit den Engeln, die aus vollem Herzen schöpfen, um uns Menschen zu bewahren und um uns mit viel Herzblut zu bestücken, um all das Böse was noch geblieben ist auszulöschen.

Als ich, nur noch wenige Straßen von Zuhause entfernt, dahintrotte, da sehe ich die überaus helle Sonne über unsere Stadt hindurchfegen, was mir eine enorme Wärme auf meiner Haut einbringt. *Wieso scheint sie denn so stark? Und was ist das?* Ich erkenne wie der Sonnenstrahl mir ein Symbol auf meinen Handrücken einbrennt, und ich weiß auch was es zu bedeuten hat. ››Ein Kreuz, es ist ein goldenes Kreuz. Ich bin nun gebrandmarkt mit dem Zeichen Jesu, der mir ein solches Zeichen durch die Sonne beschert. Ich kann Jesus hier zwar nicht sehen, aber seine Kraft hat das bewirkt, darüber bin ich mir im Klaren und ich nehme die Meisterschaft, die ich durch den Meister schlecht- hin erfahren werde gerne und freudig an.

Die Stadt bekommt die Sonne nun ganz heftig ab und ich sehe eine junge Frau an mir vorübergehen und ein Strahl brennt auch ihr das Zeichen auf die Hand. ››Das ist es. Das ist das erneute Erscheinen Jesu. Zu unserer Zeit. Am Ende der Welt, oder haben wir doch die Ewigkeit auf Erden‹‹?

Lesen Sie auch

Der Junge der Liebe ausstrahlt
Ein Gesellschaftsroman

Tot
Ein Mystery-Thriller